BBULMEDIA

http://www.bbulmedia.com

血龍傳

혈룡전

혈룡전

1판 1쇄 찍음 2015년 5월 7일
1판 1쇄 펴냄 2015년 5월 12일

지은이 | 기억의 주인
펴낸이 | 정 필
펴낸곳 | 도서출판 뿔미디어

편집장 | 이재권
기획 · 편집 | 윤영상

출판등록 | 2002년 9월 11일 (제1081-1-132호)
주소 | 경기도 부천시 원미구 소향로 17번길(두성프라자) 303호 (우)420-864
전화 | 032)651-6513 / 팩스 032)651-6094
E-mail | bbulmedia@hanmail.net
홈페이지 | http://bbulmedia.com

값 8,000원

ISBN 979-11-315-6411-0 04810
ISBN 979-11-315-3415-1 04810 (세트)

기억의 중한 신무협 장편 소설

4

혈룡전

뿔미디어

목 차

1장
과거

"크하하하! 건방진 놈이로구나! 나와 풍신을 앞에 두고 두드려 패서 이해시키겠다고?"

독황 당요가 광소를 터뜨렸다.

진운룡의 두 눈동자가 노랗게 물들었다.

'결국 이렇게 되는 것인가?'

그는 속으로 씁쓸한 웃음을 지었다.

세상에 다시 나온 뒤로 그는 되도록 적을 만들지 않으려 애썼다.

그것은 과거의 쓰라린 경험 때문이었다.

'여령……'

그의 기억이 백 년을 훌쩍 넘긴 과거를 더듬었다.

$$*\qquad *\qquad *$$

"왜 이런 거요?"

진운룡은 복잡한 표정이 얽힌 얼굴로 제갈여령을 바라봤다.

"미안해요……."

제갈여령이 슬픈 눈으로 말했다.

그녀의 가녀린 몸이 가늘게 떨고 있었다.

"그대가 원한 일이오?"

진운룡의 목소리가 갈라졌다.

그녀가 자신을 배신할 리가 없었다.

분명 세가들과 구대문파의 욕심 많고 간악한 자들이 벌인 일일 것이다.

혈마를 죽인 이후 세가와 구대문파, 무림맹은 진운룡을 두려워하고 경원시 했다.

강호를 지배하는 그들에게 있어서 진운룡이라는 존재는 손에 가시와 같았다.

어디로 튈지 모르는, 통제할 수 없는 괴물.

진운룡은 그들이 구축한 질서를 파괴하고 무너뜨릴 위험 요소였다.

진운룡 역시 그들의 그런 마음을 잘 알고 있었다.

그래서 모든 것을 버리고 제갈여령과 둘이 이곳 봉황산에 은거하기로 마음먹은 것이다.

'하기야 내가 은거한다고 그들이 그냥 놔둘 리는 없지…….'

진운룡의 존재 자체가 그들로서는 용납할 수 없는 일이었다.

하지만 진운룡은 그들이 어찌하기에는 너무도 강했다.

결국, 그들의 선택은 진운룡의 약점을 공략하는 것이었다.

진운룡이 유일하게 마음을 쓰는 세상에서 오직 한 사람 바로 제갈여령.

세가와 구대문파의 수장들은 그녀에게 진운룡을 함정에 빠뜨리도록 강요했다.

고금 제일이라 부를 만큼 신묘한 그녀의 두뇌와 지식을 이용해 진운룡을 가둘 진법을 만들도록 한 것이다.

인간의 피를 흡수하지 못하면 진운룡이 약해진다는 사실─석화(石化)에 대한 것까지는 제대로 알지 못했다─을 알고 있었던 그들이 마련한 계책이었다.

진에 가두고 기다리면 피를 흡수하지 못한 그는 쇠약

해질 것이고, 그때 공격한다면 천하의 진운룡이라 해도 그들 모두를 이기지 못할 것이라 여겼기 때문이다.

온 무림이, 심지어는 제갈세가 사람들마저 제갈여령에게 압력을 행사했다.

그녀의 부모 형제들은 거부하는 그녀를 배신자처럼 바라봤다.

"그들의 욕심은 결코 우리를 내버려 두지 않을 거예요……."

제갈여령의 목소리가 마치 모든 것을 체념한 듯 처연하게 들렸다.

우우우우우웅!

어느새 비조곡(飛鳥谷)은 혼원구궁마라진(混元九宮魔羅陳)이 둘러싸고 있었다.

제갈여령, 그녀가 발동시킨 진.

"이 진으로 나를 가둘 수 있을 것이라 보오?"

진운룡이 안타까운 눈으로 제갈여령을 바라봤다.

세상에 그를 가둘 수 있는 진법 따위는 존재하지 않는다.

마음만 먹으면 언제든지 이 진을 갈기갈기 찢어발기고 나가 이 일을 꾸민 자들을 모두 쳐 죽일 수 있었다.

제갈여령의 입가에 쓸쓸한 미소가 걸렸다.

"이 세상 무엇도 당신을 가두어 둘 수 없다는 것을 잘 알아요……. 하지만 어리석은 그들은 당신해 대해 너무 모르지요."

진운룡의 눈동자가 깊이 침잠했다.

'그렇다면 왜?'라며 묻고 있는 얼굴이었다.

제갈여령이 애틋한 얼굴로 진운룡을 바라봤다.

"난…… 난 당신이 살인자가 되는 것을 원하지 않아요. 부디…… 제 마지막 부탁이니 이곳을 떠나지 마세요."

그녀의 뺨 위로 한 줄기 눈물이 흘러내렸다.

"혼원구궁마라진은 당신을 위한 제 마지막 선물이에요……."

진운룡의 눈동자가 흔들렸다.

제갈여령이 무슨 이야기를 하는 것인지 이해했기 때문이다.

그녀가 만든 진은 진운룡을 가두기 위한 것이 아니라 세상의 위협에서 그를 지키기 위한 보호막이었다.

진운룡의 강함이라면 언제든지 벽을 부술 수 있지만, 진운룡 외에 세상 그 누구도 진을 깨고 이곳으로 들어올 수는 없으리라.

"그대는……!"

진운룡은 불현듯 가슴이 철렁 내려앉는 것을 느꼈다.

마지막이라는 그녀의 말이 뇌리에 떠올랐기 때문이다.

제갈여령의 창백한 얼굴이 그의 불안을 가중시켰다.

"당신을 속이고 배신한 제 죄는 목숨으로 갚을게요……. 쿨럭!"

제갈여령이 한 차례 피를 토해 내곤 균형을 잃은 채 바닥에 주저앉았다.

"여령!"

진운룡이 급히 그녀를 부축했다.

"대체! 무슨 짓을 한 거요!"

제갈여령의 얼굴에 처연한 미소가 걸렸다.

"부디…… 저와 했던 약속처럼 세상 모든 것을 잊고, 원래 당신이 있어야 했던 곳에서 더럽고 추악한 세상과의 인연을 끊어 버리세요……."

"여령! 그, 그만 말하시오!"

우우우웅!

진운룡은 서둘러 진기를 끌어 올려 제갈여령의 몸에 집어넣었다.

"소용 없어요……. 이곳에 들어오자마자 단혼산을 복용했어요……. 이미 오장 육부가 모두 녹아 버린 상태일 거예요…….”

제갈여령의 입에서 연신 핏물이 흘러나왔다.

“왜 이렇게까지 하는 거요? 대체 왜…….”

목이 메인 진운룡이 말을 잇지 못했다.

이곳에 오기 전 그들에게 약속했듯이 세상과 단절한 채 그저 그녀와 단둘이 은거해 사는 것만으로는 안 되는가.

“저는 당신을 볼 낯이 없어요. 저들이 당신의 비밀을 알게 된 것도 모두 저 때문이에요…….”

사실 세가들과 구대문파가 진운룡의 약점을 알게 된 것은 제갈여령 때문이기도 했다.

그녀가 의도한 것은 아니었지만, 저주를 풀 방법을 연구하기 위해 세가의 사람들에게 도움을 청한 것이 그 발단이었다.

제갈세가에서 그 사실을 무림맹에 알릴 거라고는 그녀도 짐작 못했던 것이다.

아무리 고금 제일의 재녀라고 하지만, 아직 나이 어린 소녀에 불과했다.

자신의 가족과 친척들이 진운룡을 팔아넘기리라곤 예상치도 못했던 것이다.

“다, 당신을 사랑해요. 하지만 내 가족 역시 버릴 수

는 없어요……. 어느 쪽을 선택하든 나는…… 죄인이
될 거예요."

그녀에게는 선택의 여지가 없었다.

제갈세가와 가족들, 그리고 진운룡 모두 그녀에게 소
중한 사람들이었다.

그녀의 목소리가 점점 희미해졌다.

"그만! 그대의 잘못이 아니오……."

진운룡이 그녀의 두 손을 꼭 쥐었다.

그의 마음은 천 갈래 만 갈래로 찢어지고 있었다.

대체 무엇이 잘못된 것일까.

혈마를 죽이고 강호를 구한 모든 일들이 허무하고 의
미 없게 느껴졌다.

그 모든 대가로 진운룡이 얻은 것은 피의 저주와 강
호인들의 적대뿐이었다.

게다가 이젠 그가 구했던 세상이 진운룡에게서 모든
것을 앗아 가려 하고 있었다.

그의 마음 한구석으로 부터 분노가 일어나기 시작했
다.

"제발……. 운랑…… 저를 위해 약속해 줘요. 절대
이곳을 떠나지 않겠다고……."

진운룡의 표정이 변하는 것을 눈치챈 제갈여령이 간

절한 눈으로 말했다.

제갈여령을 바라보는 진운룡의 표정이 시시각각으로 변했다.

"다, 당신이 살인자가 되는 것은 싫어요……. 제발……."

진운룡의 두 눈이 가늘게 떨렸다.

제갈여령의 숨소리가 점점 가늘어지고 있었다.

마주 잡은 손에서 힘이 서서히 빠져나가는 것이 느껴졌다.

목구멍에 무언가 커다란 덩어리가 막고 있는 듯 먹먹했다.

진운룡은 마음을 가라앉히고 천천히 입을 열었다.

"약속하겠소."

"고…… 마워요……."

제갈여령의 고개가 천천히 떨어져 내렸다.

진운룡의 의식이 다시 현재로 돌아왔다.

제갈여령을 잃어야 했던 이유도 결국 강호와의 마찰 때문이었다.

강호를 지배하고 있는 이들에겐 주변을 의식하지 않고 누구에게도 굽히지 않는 그의 모습이 오만하고 못마땅하게 느껴졌을 것이다.

그래서 다시 세상에 나온 후로는 되도록 다른 이들과 마찰을 피하기 위해 나름 조심했던 것이다.

하지만 그럼에도 불구하고 이런 상황까지 오게 되고 말았다.

이렇게 된 이상 더는 충돌을 피할 수 없었다.

구우우우웅!

진운룡이 공력을 끌어 올리자 방 전체가 지진이 난 듯 흔들렸다.

이에 질세라 당요도 잔뜩 공력을 끌어 올렸다.

두 사람의 기운이 부딪히며 무시무시한 압력이 사방을 내리누르기 시작했다.

"둘 다 잠시 진정하게나! 여기서 손을 쓰면 아이들과 다른 손님들이 위험하게 될 것이네!"

홍무생이 다급히 소리쳤다.

멈칫한 당요가 남궁린과 홍혜란 등을 보며 침음성을 흘렸다.

십이천이 본격적인 힘을 드러내게 되면 그들 중 견뎌 낼 수 있는 이는 고작해야 남궁린과 홍혜란 정도였다.

소은설이나 모용주란, 당요의 손녀 당소혜의 경우 생사를 보장할 수 없었다.

하물며 천미각의 일반 손님들이 어찌 그것을 버텨 내겠는가.

아이들을 먼저 탈출시키지 못하는 이유 또한 그 때문이었다.

사실 마음만 먹으면 자신이 진운룡을 막고 홍무생이 아이들을 탈출시킬 수 있었다.

하지만 그렇게 되면 결국 진운룡과 충돌해야 했다.

그 여파가 천미각과 손님들에게 미칠 것은 불을 보듯 훤했다.

"젠장! 이놈아! 네놈이 진정 나와 상대할 배짱과 실력이 있다면 이곳에서 다른 이들을 볼모로 잡지 말고 장소를 옮기도록 하자!"

당요의 말에 진운룡이 속으로 코웃음을 쳤다.

그 역시 다른 이들이 다치는 것은 원치 않았다.

하지만 이대로 소은설을 홍혜란과 남겨 두고 떠나는 것은 그야말로 고양이에게 생선을 맡기는 것과 마찬가지였다.

게다가 홍혜란이 혈신대법을 사용하는 세력과 연관이 있는 것을 안 이상 이대로 고이 보내 줄 생각은 추호도 없었다.

하오문을 동원해도 찾지 못했던 실마리가 이렇게 눈

앞에 스스로 나타났는데 어찌 그냥 놓아준단 말인가.

"장소를 옮기는 것은 좋은데, 당신 손녀와 남궁린은 그냥 보내 줄 수 없소."

홍무생이 눈살을 찌푸렸다.

"소 소저도 이곳에 있으면 위험한 것은 마찬가지야. 일단 몸을 피하는 것이 그녀에게는 안전할 길일세."

"저, 저는 진 공자와 함께 있는 게 더 안전해요!"

소은설이 다급히 소리쳤다.

홍혜란이 이 모든 일을 꾸몄다는 것을 알고 있는 그녀로서는 당연한 반응이었다.

제갈무진을 처참하게 죽인 홍혜란이다.

만일 진운룡이 없으면 자신에게 무슨 짓을 할지 몰랐다.

"어허! 아무리 사내에게 눈이 뒤집혔다고 자신의 목숨까지 그리 함부로 해서야 되겠느냐! 아무래도 내가 너를 잘못 키운 것 같구나!"

"아, 아버지…… 대체 왜 이러세요…….."

소은설이 당혹스러움과 걱정이 교차된 얼굴로 소진태를 바라봤다.

"본인이 주군과 함께 하겠다는데 왜 막는 것이오! 보아하니 당신들이야말로 주군이 두려워서 소 소저를 볼

모로 삼을 생각이군!"

"뭐라!"

적산의 말에 당요가 노기를 뿜어냈다.

구우우우우웅!

당장에라도 폭발할 듯 당요의 기운이 거칠게 사방을 때렸다. 그야말로 일촉즉발의 상황이었다.

"어르신, 저희가 따라가겠습니다."

그때 남궁린이 나섰다.

"저 하나의 안위보다는 수많은 무고한 백성들이 다치는 것을 막는 것이 더 중요하다고 생각합니다."

"맞아요. 할아버지 저희는 괜찮으니 일단 무공을 모르는 손님들의 안전을 확보하는 것이 먼저예요."

홍혜란도 이때다 하며 남궁린에게 맞장구쳤다.

물론, 남궁린과 홍혜란의 속셈은 따로 있었다.

그들이 생각할 때 어차피 진운룡이 두 명의 십이천을 이기는 것은 불가능에 가까웠다.

결국에 진운룡은 두 사람에게 제압되든지, 목숨을 잃게 될 것이 분명했다.

그렇다면 느긋하게 그 광경을 지켜보는 것도 재미있으리라.

게다가 동시에 두 고수들에게 좋은 인상까지 심어 줄

수 있다면 그야말로 금상첨화인 것이다.

"허허, 기특하구나. 그래, 무인이라면 자고로 힘없는 이들을 보호하고 강한 자에게 굴하지 않아야 하는 법."

당요의 얼굴에 흡족한 미소가 걸렸다.

보면 볼수록 기특한 아이들이었다.

그만큼 무림의 미래가 밝다는 말이기도 했다.

반면 진운룡에 대한 적의는 더욱 커졌다.

"이 아이들이 함께 가면 나머지는 놓아줄 테냐?"

"은설도 데려가겠소."

홍혜란 등과 한패가 더 남아 있을 가능성도 배재할 수 없었다. 그 경우 소은설만 남겨 두고 떠나는 것은 위험했다.

"이놈! 어찌 내 딸을 데려가려는 것이냐! 네놈이 나를 구해 준 것을 빌미로 은설이에게 대체 무슨 요구를 한 것이냐! 차라리 지금이라도 날 죽이고 내 딸을 그냥 내버려 두거라!"

소진태가 진운룡을 향해 손가락질 하며 소리쳤다.

진운룡과 소은설로서는 어이가 없는 일이었다.

하지만 진실을 알지 못하는 다른 사람들에게는 마치 진운룡이 소진태의 안전을 볼모로 소은설이 꼼짝 못할 어떤 계약이라도 맺은 듯 보였다.

"소 소저는 아버지와 있는 것이 낫지 않겠느냐?"

홍무생이 못마땅한 얼굴로 말했다.

"전 진 공자를 따라가겠어요!"

소은설이 얼른 나섰다.

"너를 저 악적 놈에게 보낼 수는 없다! 차라리 나도 함께 따라가 너를 지키겠다!"

소진태가 물러서지 않고 목소리를 높였다.

잠시 고민에 빠졌던 홍무생과 당요가 서로 눈빛을 교환하더니 고개를 끄덕였다. 진운룡의 의견을 받아들이기로 한 것이다.

그들이 볼 때 어차피 소은설은 진운룡과 한패였다.

소은설을 제외한 모용주란과 당소혜, 그리고 천미각 손님들의 안전을 확보할 수 있다는 사실만으로도 더 이상 생각할 필요가 없는 것이다.

"좋다, 네 녀석의 요구대로 소 소저도 함께 가기로 하지. 단! 네놈에게 보내 줄 수는 없으니 그녀의 아버지와 함께 있도록 하겠다."

진운룡이 살짝 눈살을 찌푸렸다.

아무래도 소은설을 상대편이 데리고 있으면 주저 없이 손을 쓰기가 어려웠기 때문이다.

행여 나중에 홍혜란 등이 그녀를 인질로 잡을 경우에

도 귀찮아진다.

'그래도 일단 내 시야 안에 있으면 놈들이 허튼 짓은 못하겠지.'

구해 내는 것은 그 다음에 생각해도 됐다.

"좋소, 그렇게 하지."

진운룡과 합의가 끝나자 홍무생이 천천히 매화실 입구를 빠져나갔고, 그 뒤를 독황 당요와 소은설을 데리고 있는 홍혜란, 남궁린이 따랐다.

마지막으로 진운룡이 홍혜란 등의 뒤를 바짝 쫓았다.

홍혜란과 남궁린이 허튼수작을 하지 못하도록 유형의 살기를 거두지 않은 채였다.

당장에 소은설을 데려오고 싶었지만 홍무생과 당요가 걸렸다. 그들과 부딪히는 와중에 행여 소은설이 피해를 입을 수도 있었기 때문이다.

'정말 대단한 놈이야……!'

뒤를 돌아본 남궁린은 속으로 혀를 내둘렀다.

진운룡이 쏘아 낸 저릿한 살기가 그의 온몸을 압박했다.

살기의 막은 그들이 달려가고 있는 앞쪽으로만 길을 열어 놓고 있었다.

화경 초입에 도달한 그조차도 함부로 움직일 수 없을

정도로 진운룡의 살기는 사방을 옭아매고 있던 것이다.

물론 억지로 벗어나려 한다면 충분히 가능했으나, 그것을 진운룡이 가만히 보고 있을 리 없었다.

그것은 홍혜란 역시 마찬가지였다.

그녀는 오히려 무공만으로는 남궁린보다 아래였다.

피의 권능을 사용하지 않고는 진운룡의 살기를 떨쳐 내는 게 애초에 불가능했다.

결국 두 사람은 별다른 수작을 부리지 못한 채 홍무생이 고른 인적이 뜸한 전장(戰場)에 도착했다.

숲 한가운데 위치한 사방 십오 장 정도 넓이의 공터였는데, 주변을 제법 큰 잣나무와 소나무가 둘러싸고 있었다.

탁! 차착!

공터에 도착한 당요가 돌아서자 순간 주변의 공기가 싸늘하게 일변했다.

"네놈이 생각했던 것보다 대단하다는 것만은 인정해야겠구나. 예까지 오는 동안 단 한 치의 틈도 보이지 않다니, 솔직히 조금은 놀랐다고 해야겠구나."

당요의 서늘한 안광이 당장에라도 진운룡의 온몸을 갈기갈기 찢을 듯했다.

"하지만, 재롱은 여기까지다!"

우우우우우웅!

드드드드드!

귀를 먹먹하게 만드는 압력과 동시에 당요의 몸에서 녹색 광망이 뿜어져 나오며 대기가 지진이라도 난 듯 진동하기 시작했다.

"모두 물러서라."

홍무생이 홍혜란 등을 데리고 뒤로 물러섰다.

뒷짐까지 진 채 멀찍이 물러선 그는 당요를 도울 생각이 전혀 없는 듯했다.

그것은 어찌 보면 당연한 것이었다.

강호에 이제 갓 이름을 알리기 시작한 청년 고수 하나를 상대하는 데 십이천 두 명이 합공을 한다면 그야말로 천하가 웃을 일이다.

아니, 그것을 넘어서 십이천의 한 명인 당요가 진운룡을 상대한다는 것 자체가 이미 충분히 과한 일이었다.

그만큼 십이천이라는 이름이 갖는 무게는 감히 상상할 수 없을 정도로 거대한 것이었다.

그들 한 명, 한 명이 어지간한 문파 하나를 순식간에 사라지게 만들 수 있는 절대자들이었으며, 행동 하나, 말 하나에 강호가 꿈틀대고 움찔거린다.

한마디로 무림에서는 그들이 곧 신이었다.

"후후, 주군, 늙은이들이 그래도 양심은 있는 모양이
오."

적산이 이죽거리며 말했다.

하지만 말과는 달리 사실 적산 역시 속으로는 몹시
긴장하고 있었다.

진운룡이 얼마나 강한지 잘 알고 있는 그였으나, 십
이천은 이제껏 상대한 이들과는 차원이 달랐다.

적산이 무공 수련을 위해 산으로 들어가기 전부터 천
하를 진동하던 이름이다.

모든 무인들의 꿈이자 동경의 대상이 바로 십이천이
었다.

그 무모하고 겁 없는 적산조차도 압박감을 느낄 정도
로 눈앞에 있는 당요와 홍무생의 존재감은 거대했던 것
이다.

당요에게서 흘러나오는 어마어마한 기운이 숨조차 함
부로 쉬기 힘들 정도로 사위를 내리누르고 있었다.

그럼에도 불구하고 진운룡은 표정 하나 변하지 않고
덤덤하게 당요의 압박을 받아 내고 있었다.

"삼 초를 양보할 터이니, 어디 네놈의 대단한 실력
한번 펼쳐 보거라."

조소를 머금은 당요가 팔짱을 낀 채 진운룡을 도발했다.

사실 당요도 진운룡의 실력이 보통이 아니라고는 생각하고 있었다.

십이천인 자신과 홍무생이 경지를 파악하지 못한다는 것은 둘 중 하나였다.

우선 진운룡의 경지가 두 사람과 비슷하거나 그 이상일 경우 당연히 상대의 내력을 알아내기가 어려웠다.

두 번째는 진운룡이 내기를 숨길 수 있는 특수한 무공, 내공심법을 익혔을 경우.

물론 당요는 진운룡이 후자일 것이라 확신했다.

스무 살을 갓 넘은 나이에 십이천과 대등한 경지에 이른다는 것은 그가 어미 뱃속에 있을 때부터 무공을 수련했다 한들 불가능한 일이었기 때문이다.

게다가 강호에는 상리를 벗어난 무공이나 내공심법을 익힌 자들이 제법 존재했다.

특히, 마공을 익힌 마인 중에는 그런 자들이 많았다.

홍혜란의 이야기에 의하면 진운룡이 흡혈을 한다 했으니, 괴공이나 마공을 익혔다 해도 전혀 이상할 것이 없는 것이다.

삼 초를 양보하겠다는 당요의 말이 막 끝나는 순간이

었다.

피이이이잉!

진운룡에게서 세 가닥의 빛줄기가 섬전처럼 쏘아졌다.

그 속도는 너무도 빨라서 사실을 인식했을 때는 이미 당요 바로 코앞에 도달해 있었다.

"헛!"

갑작스런 공격에 깜짝 놀란 당요가 헛바람을 켜며 급히 양손을 휘둘렀다.

콰앙! 콰쾅! 쾅!

마치 우뢰와 같은 굉음이 터져 나오며 당요가 연달아 세 걸음이나 뒤로 밀려났다.

"이, 이런 개호로 자식아! 이게 무슨 짓이냐!"

당요가 일그러진 얼굴로 고함쳤다.

빛줄기를 막아 낸 그의 두 손은 벌겋게 달아올라 있었다.

미처 말을 마치기도 전에 진운룡이 공격해 오리라고는 상상도 못했었기에 낭패스러운 꼴을 보인 것이다.

"뭐가 문제지? 당신 뜻대로 먼저 삼 초를 공격했을 뿐인데? 어차피 친선비무를 하는 것도 아닌데 일일이 공격한다고 미리 통보라도 하라는 건가?"

진운룡이 피식 웃으며 말했다.

명백히 당요를 비웃고 있는 모습이었다.

"저, 저……!"

당요가 입을 열었다 닫았다 하며 진운룡을 노려봤다.

그를 공격한 것은 세 줄기의 지풍이었다.

그것도 미세한 차이를 두고 차례차례 이어진 정확한 삼 초.

갑작스러운 진운룡의 기습에 당요는 제대로 대처하지 못하고 뒤로 세 걸음이나 밀려났다.

그 이유야 어쨌든 이름 높으신 십이천이 새파란 애송이의 공격에 낭패한 모습을 보인 것이다.

당요로서는 당연히 민망하고 창피한 일이었다.

하지만 그는 한편으로 진운룡의 이번 공격에 대해 상당히 놀라고 있었다.

아무리 기습이라지만, 수십 년 동안 강호에서 독황이라 불리며 적수를 찾기 힘들었던 자신을 세 걸음이나 물러나게 했다.

그것은 곧 진운룡의 지풍이 그만큼 빠르고 위력적이었다는 이야기였다.

'거의 강기 수준의 지풍이야.'

당요는 곧바로 분노를 접고 마음을 가라앉혔다.

역시 십이천의 자리는 공으로 얻어지는 것이 아니었다.

아무리 성격이 불같은 당요였고, 진운룡의 나이가 어리다 하나, 그는 결코 상대를 경시하지 않았다.

지풍만으로도 진운룡이 한낱 애송이가 아님을 알아차린 것이다.

어느새 당요의 눈은 깊게 가라앉아 있었다.

그는 본격적으로 공력을 끌어 올리기 시작했다.

휘이이이이잉!

잠시 후 진운룡과 당요 두 사람의 강력한 기운이 맞부딪히며 그 중앙에 기의 소용돌이가 생겨났다.

순간, 당요가 먼저 움직였다.

그의 출수는 마치 물이 흐르는 것처럼 부드럽고 자연스러웠다.

마치 파리라도 쫓듯이 슬쩍 손을 휘저었을 뿐인데 두 사람 사이를 가득 메우던 기의 장막이 종잇장처럼 찢겨 나갔다.

촤아아아악!

동시에 화살과 같은 수십 줄기 무형(無形)의 기파(氣波)가 진운룡을 향해 쏘아졌다.

그의 독문절기 중 하나인 무형시(無形矢)가 모습을

드러낸 것이다.

무형시는 기를 응축해서 마치 암기처럼 쏘아 내는 기술로, 강기 정도의 파괴력을 가지고 있지는 않았지만 속도가 무척 빠르고 타격 범위가 광범위했기에 당요가 즐겨 사용하는 수법이었다.

쉬아아아악!

수십 가닥이 넘는 기의 화살들은 눈 깜짝할 사이에 진운룡의 온몸을 동시에 노리며 날아왔다.

하지만 무형시가 코앞까지 다가왔음에도 진운룡은 미동도 하지 않았다.

얼핏 보면 너무도 빠른 당요의 무형시에 미처 대처하지 못하고 있는 듯한 모습이었다.

멀리서 지켜보던 홍혜란의 입가에 엷은 미소가 걸렸다.

'역시 독황이군!'

독황의 무형시를 직접 보는 것은 그녀도 처음이었다.

그 엄청난 속도도 속도였지만, 모든 방위를 차단하여 진운룡이 피할 수 있는 곳이 없도록 만드는 것이야말로 무형시의 진정한 무서움이었다.

홍혜란은 이제 곧 진운룡이 무형시에 의해 벌집이 되리라는 것을 의심치 않았다.

하지만 홍혜란의 기대는 다음 순간 너무도 속절없이 무너졌다.

터더더더덩!

놀랍게도 진운룡의 한 치 앞에 다다른 당요의 무형시들이 보이지 않는 벽에라도 부딪힌 듯 모두 튕겨져 버린 것이다.

"호신강기(護身强氣)!"

남궁린이 자신도 모르게 소리쳤다.

몸 주위로 기막(氣膜)을 둘러 적의 공격을 막아 내는, 궁극의 방어 수법이었다.

화경의 경지를 넘어 강기를 구사할 수 있는 수준이 되어야만 간신히 펼칠 수 있는 초상승 공부.

물론 남궁린 역시 호신강기를 펼칠 수는 있었다.

하지만 손 하나 까딱하지 않고 독황 당요의 공격을 튕겨 낼 정도의 호신강기라면 이미 남궁린의 그것과는 차원이 다른 수준이었다.

'어디서 저런 괴물이 나타났단 말인가!'

공격의 당사자인 당요 역시 놀라기는 마찬가지였다.

아무리 무형시가 강기보다 위력이 떨어진다 해도 호신강기로 쉽게 튕겨 낼 수 있을 만큼 만만한 수법은 아니다.

어지간한 검기나 지풍보다 강력해서 당요를 상대하던 이들이 가장 두려워하는 수법 중 하나였다.

한데 진운룡은 너무도 쉽게 그것을 막아 낸 것이다.

그것은 진운룡의 경지가 당요와 비슷하지 않은 이상 불가능한 일이었다.

'저 나이에 십이천과 대등한 경지라니…….'

도무지 믿을 수 없는 일이었다.

'설마 반로환동의 고수라도 된다는 말인가?'

자신이 생각하고도 어이없는 상상이었다.

어쨌든 이번 한 수의 격돌로 진운룡이 결코 자신의 아래가 아니라고 판단한 당요의 표정이 얼음처럼 차가워졌다.

진운룡은 여전히 한 점의 동요도 없는 모습이었다.

"내가 네놈을 너무 얕봤음을 인정하마. 이제부터 제대로 상대해 주마!"

당요가 양쪽 다리를 넓게 벌리며 자세를 낮췄다.

두 팔은 손바닥을 편 채 아래위로 교차시킨 상태였다.

구우우우우웅!

동시에 당요를 중심으로 강력한 흡입력이 생겨나 주변의 공기와 흙, 나뭇잎 등 사물을 끌어당겼다.

휘유우우우웅!

어느 순간 당요의 몸을 중심으로 천천히 소용돌이치던 물체들이 은은히 빛을 띠기 시작했다.

"강기!"

남궁린이 탄성을 터뜨렸다.

당요는 물체 하나하나에 강기를 담고 있던 것이다.

모래 하나, 나뭇잎 하나까지…… 심지어는 소용돌이치는 공기조차도 은은하게 빛을 뿜어내고 있었다.

"이것이 바로 나를 십이천에 오르게 해 준 만천화우니라. 어디 네놈이 과연 만천화우도 막아 낼 수 있을지 보자!"

만천화우(滿天花雨)!

사천 당가가 자랑하는 최고의 절기이자 독황 당요를 십이천에 오르게 해 준 무공.

흔히들 만 개의 암기를 동시에 발출해 내는 궁극의 암기술이라 알고 있지만, 당요가 펼치는 만천화우는 주변의 모든 사물을 암기로 사용하여 상대를 공격하는 초상승 공부였다.

따로 암기가 필요도 없었고, 주변의 흙, 모래, 먼지, 심지어는 공기까지도 암기로 사용할 수 있으니, 상대의 입장에서는 무엇을 방비해야 할지조차 특정할 수 없는 절망적인 공격이었다.

"허, 만천화우를 벌써?"

홍무생이 놀란 눈으로 당요를 바라봤다.

만천화우는 당요가 사용하는 무공 중에서도 가장 강력한 초식이었다.

그것을 시작부터 사용한다는 것은 그만큼 당요가 진운룡의 실력을 높이 평가했음을 뜻했다.

'그 정도라는 건가?'

홍무생의 표정이 무거워졌다.

곁에서 지켜보는 것과는 달리, 직접 상대하는 당요가 느끼는 진운룡의 힘이 훨씬 강력하다는 이야기였다.

츠아악!

그때 종잇장이 찢어지는 듯한 파공음과 함께 당요 주위를 돌던 강기가 서린 흙들이 폭발하듯 쏘아져 나갔다.

수를 헤아릴 수 없는 흙과 모래가 향하는 곳은 당연히 진운룡이었다.

강기로 덥힌 흙과 모래는 하나하나가 쇠로 만든 암기의 위력을 훌쩍 뛰어넘고 있었다.

그것이 끝이 아니었다.

흙과 모래가 쏘아져 나감과 동시에 수백, 수천에 달

하는 나뭇잎들이 마치 유엽비도처럼 그 뒤를 쫓았다.

쉐애애애액!

수를 헤아릴 수 없는 흙, 모래, 나뭇잎이 차례로 진운룡 하나를 노리고 달려드는 모습은 그야말로 장관이었다.

마치 빛을 뿜어내는 거대한 모래폭풍이 진운룡을 덮치는 듯했다. 그 폭풍은 진운룡뿐 아니라 주변의 모든 것을 삼켜 버릴 것만 같았다.

"주, 주군!"

적산이 불안한 목소리로 소리쳤다.

그때, 진운룡의 눈동자가 노랗게 변했다.

쩌어어어어엉!

동시에 진운룡이 양손을 들어 올려 원을 그리자, 그의 앞쪽으로 푸르게 빛나는 거대한 동심원이 형성되었다.

동심원은 그대로 당요가 발출해 낸 강기 모래폭풍과 마주 부딪혀 갔다.

콰콰콰콰콰콰쾅!

두 기운이 부딪히며 거대한 폭발이 일어났다.

천지가 무너지는 듯한 폭음과 함께 충격파가 사방을 덮쳤다.

"내 뒤로 물러나라!"

홍무생이 공력을 끌어 올리며 일행에게 소리쳤다.

콰아아아아!

충격파에 공터를 둘러싼 나무들이 뿌리째로 뽑혀 나갔다.

쾅쾅쾅!

당요가 쏘아 낸 모래와 나뭇잎은 계속해서 진운룡의 동심원을 때렸다.

어차피 재료는 충분했다. 모래와 나뭇잎이 꼬리에 꼬리를 물고 동심원을 향해 돌진했다.

앞의 모래들이 터져 나가면 그 뒤를 나뭇잎이 이었고, 다시 또 다른 모래들이 빛을 내어 달려들었다.

공터는 이미 강기의 폭풍에 휘말려 아수라장이 된 지 오래였다.

그러나 한참을 그렇게 당요의 무시무시한 공격을 감당했음에도 진운룡이 펼친 푸른 동심원은 꼬덕도 하지 않았다.

두 사람 모두 자리에서 한 걸음도 움직이지 않고 있었기에 어찌 보면 무척 정적이고 지루해 보였으나, 그들의 기운이 부딪히는 한가운데서는 그야말로 경천동지할 충돌이 벌어지고 있었다.

홍무생을 비롯한 일행은 손에 땀을 쥐며 두 사람의
대결을 지켜봤다.

홍혜란의 얼굴에선 이미 처음의 여유가 사라져 있었
다.

그녀는 속으로 안도의 한숨을 내쉬었다.

'역시 보통 놈이 아니었어. 만일을 대비해 독황을 엮
은 것이 다행이야.'

일을 확실히 하기 위해 자신의 할아버지뿐 아니라 독
황까지 끌어들이는 계책을 짰다.

물론 마침 독황이 제남에 왔기에 가능했던 일이었다.

어찌 보면 천우신조라 할 수 있었다.

만일 홍무생 혼자 진운룡을 상대해야 했다면 쉽게 승
패를 장담할 수 없었으리라.

반 각이 넘도록 어느 하나의 우열을 가리기 힘든 용
호상박의 힘겨루기가 한 치의 양보도 없이 팽팽하게 이
어졌다.

하지만 두 사람의 표정은 전혀 달랐다.

점점 당요의 얼굴은 일그러지고 있는 반면, 진운룡의
표정은 처음과 전혀 변함이 없었다.

'어디서 저런 괴물이!'

사실 당요는 속으로 경악하고 있었다.

만천화우는 자신이 펼칠 수 있는 최고의 절기.

그런데 무려 반 각 동안이나 만천화우를 펼쳤음에도 진운룡을 굴복시키기는커녕 그의 옷깃조차 건들지 못하고 있는 것이다.

게다가 지금처럼 기와 기가 부딪히는 상황은 서로의 공력을 겨루고 있는 것이나 마찬가지다.

한데 이제 갓 스물이 넘은 청년이 자신과 대등한 공력을 가지고 있다니 도무지 믿을 수 없는 일이었다.

물론 그렇다고 진운룡이 우위를 점하고 있는 상황도 아니었다.

하지만 문제는 당요가 자신이 펼칠 수 있는 최고의 절초를 사용한 반면, 진운룡은 아직 제대로 된 공격을 시도하지도 않은 상태라는 것이다.

'설마 놈의 경지가 나보다 더 높다는 말인가?'

당요는 뒷골이 서늘해지는 것을 느꼈다.

어쩌면 자신이 진운룡에게 질 수도 있다는 불안감이 엄습해 왔다.

'있을 수 없는 일이야!'

당요가 이를 악물었다.

이미 그의 눈에 진운룡은 새파란 애송이가 아니었다.

마치 맞은편에 거대한 산이 버티고 있는 듯한 느낌이

었다.

"흐아아아압!"

파아아아앙!

기합과 동시에 당요 주위를 맴돌던 광휘가 전면(前面)을 향해 쏘아져 나갔다.

당요가 주변의 대기에 강기를 실어 날린 것이다.

마치 빛 무리가 공간을 가르며 퍼져 나가는 듯했다.

흙, 모래, 나뭇잎에 이어 공기까지 강기를 실어 암기로 쏘아 낸 것이다.

빠아아아앙!

갑작스런 진공 상태에 대기가 터져 나갔다.

강기로 이루어진 빛 무리가 동심원의 벽을 덮쳤다.

쩌어어어억!

순간, 놀랍게도 그동안 철벽같던 동심원에 금이 가기 시작했다.

"흥! 어떠냐!"

당요의 얼굴에 회심의 미소가 걸렸다.

막대한 공력의 소모를 각오하고 시도한 공격이었다.

이번 공격이 통하지 않는다면 더 이상의 방법은 없던 터였는데, 기대했던 대로 동심원이 균열을 일으키고 있었다.

당요는 강기의 빛 무리에 더욱 공력을 쏟아부었다.

드드드드드!

그러자 강기의 빛 무리가 더욱 선명해지고 동심원의 균열이 점점 더 커졌다.

"역시!"

홍혜란과 남궁린의 얼굴이 환해졌다.

바로 그때였다.

진운룡의 손에서 하나의 동심원이 더 생겨났다.

두 번째 동심원은 균열이 생긴 첫 번째 동심원을 지나 강기의 빛 무리와 부딪혔다.

콰아아아앙!

폭음과 함께 동심원과 빛 무리가 모두 터져 나가 흩어져 버렸다.

"크윽! 이럴 수가!"

침음성을 흘리던 당요의 두 눈이 갑자기 부릅떠졌다.

어느새 진운룡의 손에서 세 번째 동심원이 쏘아져 나오고 있었기 때문이다.

게다가 세 번째 동심원은 앞의 두 동심원과 다르게 빠른 속도로 당요를 향해 돌진하고 있었다.

동심원의 위력은 방금 전 격돌로 이미 확인한 터였다.

무방비로 직격 당하게 된다면 흔적조차 남기지 못할 것이 분명했다.

쏘아져 오는 속도가 너무 빨랐기에 이미 피하기는 늦은 상황이었다.

당요는 급히 공력을 끌어 올려 두 손에 집중했다.

"허⋯⋯."

그때, 당요의 시선에 진운룡의 손에서 네 번째 동심원이 생성되는 모습이 들어왔다.

당요의 얼굴이 사색이 됐다.

이미 공력을 너무 많이 소모한 상태인지라 첫 번째 동심원을 막을 수 있을지조차 장담할 수 없는 상황이었다.

또 하나의 동심원을 막아 내는 것은 불가능했다.

절망적인 얼굴로 당요가 장력을 쳐 냈다.

꽈아아앙!

세 번째 동심원이 당요가 펼친 장력을 산산이 부숴 버렸고, 조금의 틈도 없이 네 번째 동심원이 덮쳐 왔다.

'이럴 수가⋯⋯. 이 당요가 이렇게 어이없이 당하다니⋯⋯.'

꽈르르르르릉!

그때였다.

천둥소리와 함께 한 마리 푸른 용이 날아오더니 진운룡이 쏘아 낸 동심원과 부딪혔다.

콰아아아아아앙!

폭음과 함께 청룡과 동심원이 터져 나간 곳에는 어느새 홍무생이 버티고 서 있었다.

당요의 위기를 보고 급히 달려 나와 그의 절기인 강룡십팔장을 펼친 것이다.

"으음……."

홍무생이 창백한 얼굴로 침음성을 흘렸다.

강룡십팔장을 펼치고도 진운룡의 공격을 완벽히 막아 내지 못해 진기가 흔들릴 정도의 충격을 받은 것이다.

반면 진운룡에게선 조금의 동요도 찾아볼 수 없었다.

"크윽, 진정한 괴물이 나타났군……."

내상을 입은 듯 당요가 침중한 안색으로 말했다.

"어찌 이런 일이……."

홍무생이 도저히 믿을 수 없다는 얼굴로 중얼거렸다.

그는 십이천 중에서도 다섯 손가락 안에 드는 실력을 가지고 있었다.

게다가 강룡십팔장은 그의 성명절기.

한데 진운룡의 일수에 밀려났다.

그 정도면 못해도 진운룡의 경지가 화경 끄트머리에

있거나, 현경을 넘어섰다는 이야기였다.

그렇다면 현 강호에서 진운룡을 상대할 이는 천마신교의 교주인 마제(魔帝) 하우광과 무림맹주인 남궁진천 정도밖에 없었다.

이젠 이십대로 보이는 진운룡의 외모조차도 의심스러웠다.

하기야 상대의 피와 정기를 빨아들이는 마공을 익혔다면, 사이한 술법을 이용해 젊음을 유지할 수도 있었다.

진운룡의 실제 나이는 보이는 것보다 몇 배 더 많을 것이 분명했다.

'허허…… 강호에 암운이 드리워지는구나…….'

만일 진운룡이 최근 혈사들을 일으킨 무리와 관계가 있다면 강호는 머지않아 피에 잠기게 될 것이다.

"그대들에겐 용건이 없으니 이제 그만 물러나시오. 어차피 그대들의 능력으로는 나를 막을 수 없소."

진운룡이 공격을 멈춘 채 무미건조한 목소리로 말했다.

홍무생과 당요가 굳은 얼굴로 눈빛을 주고받았다.

여기서 그들이 물러난다면 홍혜란을 비롯한 아이들은 진운룡에게 무슨 일을 당하게 될지 알 수 없었다.

"놈은 우리가 막을 것이니 너희는 당장 몸을 피하도록 해라!"

홍무생이 일행을 돌아보며 소리쳤다.

진운룡이 아무리 강하다 해도 당요와 자신을 상대하면서 홍혜란 등이 도망치는 것을 막지는 못할 것이다.

천미각에서야 싸움이 일어날 경우 무공을 모르는 일반 손님들이 다치게 될까 봐 진운룡을 막아서지 못했지만, 이곳에서는 그런 걱정은 없었기에 아이들을 피신시킬 시간을 버는 정도는 충분했다.

"하, 할아버지!"

홍혜란이 불안한 얼굴로 홍무생을 바라봤다.

하지만 그녀의 머릿속은 표정과 달리 빠르게 돌아가고 있었다.

'설마 저토록 강할 줄이야……'

진운룡의 능력은 그녀가 생각했던 것보다 훨씬 뛰어났다.

이대로라면 홍무생과 당요가 함께 상대한다 해도 승부를 장담할 수 없을 듯 보였다.

그렇다면 여기서 선택을 해야 했다.

본 실력을 드러내서 합공을 해 진운룡을 처리하느냐. 아니면 이대로 물러나 훗날을 기약하느냐.

'과연 피의 권능을 사용한다고 놈을 이길 수 있을까?'

확신이 서질 않았다.

더욱이 피의 권능을 사용하게 되면 자신들의 정체가 탄로 나게 된다.

그리되면 그간 애써 쌓아 온 강호에서의 위치와 계획들이 모두 물거품이 될 것이다.

'그렇다면, 이 계집이라도 데리고 물러서는 편이 이익이지!'

홍혜란이 소은설을 힐끔 쳐다봤다.

마기를 정화하는 피를 가진 인간.

주인에게 그녀를 바친다면 진운룡을 처리하지 못한 과실은 충분히 상쇄할 수 있을 것이다.

"어서!"

홍무생의 재촉에 홍혜란이 남궁린에게 눈짓을 했다.

남궁린도 홍혜란의 속셈을 알아차리곤 고개를 끄덕였다.

"그럼, 조심하세요! 모두 가요!"

홍혜란이 조부에게 인사를 한 후 소은설의 손목을 잡아끌었다.

"놔요! 나는 당신과 함께 가지 않겠어요!"

소은설은 홍혜란의 손을 떨쳐 내려 애썼다.

"소 분타주님 부탁해요!"

홍혜란이 소진태를 불렀다.

"정신 차려라! 지금 이곳은 너무 위험해!"

버티는 소은설을 소진태가 억지로 끌고 갔다.

진운룡이 그것을 가만히 보고 있을 리가 없었다.

"감히!"

파파파파파파파팟!

열 가닥의 지풍이 홍혜란과 남궁린을 향해 쏘아졌다.

"흥! 어림없다!"

하지만 홍무생과 당요가 그 앞을 가로막았다.

콰콰콰콰쾅!

"크읍!"

홍무생과 당요가 뒤로 한 걸음씩 밀려났다.

처음 당요가 맞닥뜨렸던 지풍과는 그 위력이 하늘과 땅 차이였던 것이다.

하지만 두 십이천은 결국 홍혜란에게 향하는 진운룡의 공격을 막아 냈다.

그사이 홍혜란과 남궁린은 소은설을 끌고 공터를 빠져나가고 있었다.

"비켜라!!"

진운룡의 얼굴에 짜증이 어렸다.

아무리 진운룡이라 해도 십이천 둘을 단숨에 제압할 수는 없었다. 홍무생과 당요가 발목을 잡는다면 자칫 소은설을 놓칠 수 있었다.

"어림없는 소리! 결코 네놈을 이대로 보내지 않겠다!"

당요가 이를 악물며 남은 공력을 끌어 올렸다.

"저들을 쫓으려면 먼저 우릴 죽이고 가거라!"

홍무생 역시 비장한 얼굴로 강룡십팔장의 출수 차세를 잡았다.

"정녕 끝까지 나를 방해하겠단 말인가?"

진운룡의 목소리가 낮게 가라앉았다.

"주군, 내가 놈들을 쫓겠소!"

적산이 앞으로 나섰다.

"놈들과 정면 대결을 펼치는 것은 지금의 너로서는 역부족이니 상대하지 말고 어디로 가는지만 파악하라."

"알겠소."

읍을 한 적산이 몸을 날렸다.

"어딜!"

홍무생이 급히 적산을 향해 장력을 쳐 냈다.

쾅!

하지만 진운룡이 쏘아 낸 한 줄기 지풍에 의해 허무하게 사라져 버렸다.

홍무생은 이를 악물었다.

어차피 적산 정도는 남궁린이나 홍혜란 두 사람이 충분히 상대할 수 있었다.

자신과 당요가 진운룡만 어느 정도 붙잡아 놓을 수 있다면 그들의 안전에는 문제가 없을 것이다.

"흥! 어디 덤벼 보거라!"

홍무생이 눈을 부라리며 소리쳤다.

씨익!

진운룡의 입가에 조소가 일었다.

'그래. 세상이 나를 못 잡아먹어서 안달이라면 그 세상을 부숴 버리면 그만이지!'

세상의 비유를 맞추고 계산하고 눈치를 보는 것은 그의 방식이 아니었다.

대체 뭐가 아쉬워 고개를 숙이고 이해시키려 애써야 하는가. 어차피 강호는 힘이 곧 정의요, 법이었다.

"날 원망하지 말라!"

지이이이이잉!

사자후와 함께 진운룡으로부터 거대한 기파가 뿜어져 나왔다. 그동안과는 판이한 압도적인 기운에 두 십이천은 숨이 턱 막혀 옴을 느꼈다.

"이, 이럴 수가!"

"대, 대체……!"

강호 제일이라 일컬어지는 두 사람조차도 두려움을 느낄 정도로 진운룡의 기세는 압도적이었다.

하지만 그렇다고 이대로 물러설 수는 없었다.

최소한 홍혜란과 남궁린등이 피할 시간을 벌어야 했다.

"이익!"

당요가 이를 악물었다.

홍무생 역시 눈을 부릅뜬 채 두 다리에 힘을 줬다.

스슥!

순간 진운룡의 신형이 연기처럼 사라졌다.

"놈!"

"하앗!"

홍무생과 당요가 기합성을 토해 내며 전면을 향해 마구 장력을 발출했다.

진운룡이 어느새 그들의 코앞까지 쇄도해 온 것이다.

콰콰콰콰콰쾅!

장력이 진운룡을 때리며 연달아 폭음이 터졌다.

하나하나 강력한 강기가 서려 있었다.

하지만 두 사람이 발출해 낸 장력은 진운룡의 호신강기를 뚫지 못하고 모조리 튕겨 나갔다.

오히려 그 반탄력에 두 사람은 뒤로 조금씩 밀려나고 있었다.

'겨우 이 정도로 십이천이라는 허명에 눈이 멀고 귀가 닫혔구나!'

진운룡의 눈동자에 노란 광채가 더욱 짙어졌다.

동시에 그가 양손을 벼락처럼 앞으로 뻗었다.

우르르릉!

마치 천둥이 치는 듯한 굉음과 함께 그의 양손에서 황금빛 광화(光花)가 피어났다.

번쩍!

황금빛 광채를 내는 두 송이 꽃이 각각 홍무생과 당요를 덮쳤다.

"빌어먹을!"

"우웃!"

얼핏 보기에도 심상치 않은 광화(光花)에 홍무생과 당요는 급히 그들이 발휘할 수 있는 최고의 초식을 발출해 냈다.

콰르릉!

쉬아아아아아악!

강룡십팔장과 만천화우가 진운룡의 광화와 부딪혔다.

번쩍!

소리는 들리지 않고 눈이 멀 것 같은 빛의 폭발이 먼저 일어났다.

슈우우웅!

동시에 주변의 공기가 빛을 향해 빨려 들어갔다.

콰아아아앙!

빨려 들어갔던 공기가 터져 나오며 거대한 폭발이 공터를 휩쓸었다.

"크읍!"

"으윽!"

폭발에 휩쓸린 홍무생과 당요가 실 끊어진 연처럼 뒤로 튕겨 날아가 바닥에 처박혔다.

두 사람의 입에서 핏물이 흐르고 있는 것을 보아 내상을 입은 듯했다.

그들 앞에 진운룡이 오연한 모습으로 내려섰다.

"겨우 그 정도 능력으로 나를 막겠다? 내가 광오하다 했는가. 내 눈에는 그대들이야말로 어리석고 광오하구나."

진운룡의 비웃음에 홍무생과 당요의 얼굴이 일그러졌다.

진운룡의 강함은 그들이 어찌할 수준이 아니었다.

이 정도면 이미 현경을 넘어선 것이 분명했다.

두 사람은 그야말로 공자 앞에서 문자를 쓰고 번데기 앞에서 주름을 잡은 꼴이었다.

'그렇다면 정말 반로환동의 고수일 수도 있다는 이야기군…… 어떻게 그런 일이……!'

홍무생은 자신의 판단이 잘못됐다는 사실을 깨달았다.

하기야 누가 반로환동의 고수가 실제 할 것이라 짐작이나 했겠는가.

"이 정도면 그대들도 깨달은 것이 있을 터. 더는 나를 막지 말라!"

진운룡은 남궁린과 홍혜란이 사라진 숲을 향해 몸을 돌렸다.

"크윽! 안 돼!"

그때, 당요가 몸을 날려 진운룡의 앞을 막아섰다.

"차라리 날 죽이고 가라!"

파파파파팡!

당요가 녹색 광망이 어린 장력을 쏘아 냈다.

그의 최후의 절기인 독강(毒强)이었다.

진기가 얼마 남지 않아 선천지기까지 끌어 올린 마지

막 공격이었다.

진운룡의 눈썹이 꿈틀했다.

그래도 두 사람의 사정을 봐주어 살초는 쓰지 않은 그였다.

한데 그것도 모르고 끝까지 자신의 길을 막으려 하는 그들의 행태가 너무도 답답하고 짜증이 났다.

지이이잉!

진운룡의 오른손에 어느새 한 자루 검이 들려 있었다.

"머, 멈추게!"

심상치 않은 진운룡의 모습에 홍무생이 급히 당요를 말렸으나 그때는 이미 은빛 선이 당요를 관통하고 있었다.

당요가 발출해 낸 독강은 어느새 먼지처럼 흩어져 버린 후였다.

단 일 검이었다.

진운룡의 일 검이 당요의 독강을 소멸시키고 그의 몸을 꿰뚫어 버린 것이다.

검은 당요의 단전에 박혀 있었다.

"커억!"

진운룡이 검을 거두자 피를 한 사발 토해 내며 당요

가 무너져 내렸다.

"이놈!"

분노한 홍무생이 진운룡에게 달려들었다.

번쩍!

동시에 은빛 섬광이 홍무생의 오른쪽 어깨를 가르고
지나갔다.

"크악!"

어깨부터 잘려 나간 홍무생의 오른팔이 허공으로 떠
올랐다.

퍼억!

동시에 진운룡의 무릎이 홍무생의 명치에 틀어박혔
다.

"끄으……."

입에 거품을 물며 홍무생이 바닥으로 엎어졌다.

진운룡의 두 눈에서 사늘한 한기가 일었다.

이 두 사람 때문에 너무 오랜 시간을 지체했다.

이 정도라면 이미 홍혜란과 남궁린은 숲을 벗어났을
것이다.

그들의 흔적을 찾으려면 지금보다 감각을 몇 배로 끌
어 올려야 했다.

"너희 놈들이 저지른 일이니 그 대가를 치루어라."

진운룡이 두 팔을 뻗음과 동시에 홍무생과 당요가 마치 자석에 끌리는 쇳가루처럼 힘없이 딸려 왔다.

진운룡의 양손이 그 두 사람의 목을 잡았다.

"크윽!"

"우욱!"

이미 반죽음 상태인 두 사람이 괴로운 듯 신음을 흘렸다.

구우우우웅!

진운룡의 두 눈이 점점 핏빛으로 물들기 시작했다.

동시에 두 사람의 상처로 부터 핏줄기가 뿜어져 나와 진운룡의 두 손으로 흡수되었다.

"끄으으으……."

두 사람의 몸이 경련했다.

피를 흡수한 진운룡이 두 사람을 바닥에 팽개쳤다.

머릿속에서 광기가 치밀어 올랐다.

인간의 피를 흡수하면 늘 생기는 일이다.

소은설의 피만이 오로지 그 광기를 사그라뜨린다.

진운룡은 혈신대법을 통해 얻게 된 피의 권능을 이용해 그대로 감각을 올렸다.

피를 흡수하면 그의 감각은 인간을 초월하게 된다.

일전에 신웅의 피를 이용해 사용했던 그 방법이었다.

우우우우웅!

강력한 기운이 사방으로 퍼져 나갔다.

진운룡의 온몸에서 핏줄이 불거져 나오고, 그의 얼굴이 마치 악귀처럼 변했다.

"크윽! 지, 진정 마공을……."

홍무생이 팔이 떨어져 나간 자신의 오른쪽 어깨를 부여잡고 부르르 몸을 떨었다.

진운룡은 그에 개의치 않고 홍혜란과 남궁린의 흔적을 찾았다.

그의 의식이 미치는 범위가 점점 넓어졌다.

백 장, 이백 장, 삼백 장……….

"있군!"

진운룡의 두 눈이 빛났다.

놀랍게도 아직 그들은 숲을 벗어나지 못한 상태였다.

물론, 오백 장이 넘는 꽤 먼 거리였지만, 그동안의 시간을 생각하면 의아한 일이었다.

하지만 진운룡에게는 다행이었다.

"이, 이놈! 아이들은 건들지 마라……."

진운룡이 차가운 얼굴로 홍무생과 당요에게로 시선을 돌렸다.

"마공이라 했나? 네놈들 눈으로 직접 확인하도록 해

주마."

타타탁!

진운룡이 홍무생과 당요의 혈도를 집었다.

출혈을 멈추는 동시에 그들이 함부로 움직일 수 없도록 만들었다.

그리고는 두 사람을 양팔에 낀 채 허공으로 몸을 날렸다.

2장
조문

제남 시내로 동창 관복을 갖춰 입은 일단의 무리가 들어섰다.

특이하게도 그 선두에는 백발에 창백한 얼굴을 한 사내가 앞장서고 있었고, 나머지 위사들은 깊숙이 죽립을 눌러쓰고 있었다.

"첩형!"

어디서 달려왔는지 관부의 관원들이 사내 앞에 부복을 했다.

"내가 알아보라는 것은 어찌 되었나?"

사내가 낮게 깔린 목소리로 물었다.

"진운룡이라는 자가 태산(泰山)쪽으로 향했다는 목

격자들이 있습니다."

"태산?"

사내의 눈에서 살기가 일었다.

"감히 동창의 일을 방해하고, 내가 이 모양 이 꼴이 되도록 만든 대가를 똑똑히 치르도록 해 주마……. 가자!"

사내와 죽립의 위사들은 유령처럼 태산을 향해 몸을 날렸다.

                    *   *   *

홍혜란과 남궁린은 서둘러 숲을 벗어나기 위해 움직였다.

최대한 빨리 달리고 싶지만, 소진태와 소은설을 데리고 움직여야 해서 무리할 수는 없었다.

소은설은 어느새 아혈과 마혈이 점해진 채 남궁린이 옆구리에 끼워져 있었다.

"홍 매, 어디로 갈지는 정했어?"

"일단은 이 계집을 먼저 처리해야겠어요. 진운룡이 따라붙기 전에 빼돌려야 놈이 함부로 경거망동하지 못할 테니까요."

홍혜란의 머릿속에 진운룡의 괴물 같던 무공이 떠올랐다.

십이천 둘을 상대로 오히려 우위를 점하는 자가 존재하다니, 지금 생각해도 참으로 두려운 자였다.

"하기야 소은설 그 계집이 우리 손아귀에 있는 한, 놈이 우리를 어쩌지는 못하겠지. 지금 생각해 봐도 정말 괴물 같은 녀석이야."

남궁린이 고개를 절레절레 흔들었다.

"그럼 황보세가나 무림맹 쪽으로 가는 것은 안 되겠군?"

홍혜란이 고개를 끄덕였다.

황보세가나 무림맹으로 피신하였을 경우 진운룡을 막을 수 없다. 게다가 소은설을 그들 뜻대로 처리할 수도 없게 된다.

반면 소은설을 미리 빼돌려 진운룡이 찾을 수 없는 곳에 숨겨 놓는다면 진운룡의 약점을 쥐고 있는 것이나 마찬가지였다.

"하지만 방염의 장원이 그리 되었으니 제남에 이 계집을 숨길 곳이 마땅하지 않잖아?"

방염은 그들의 제남 지부를 맡고 있는 자였다.

한데 진운룡에 의해 그들의 지부가 박살이 났으니 제

남에는 현재 그들의 근거지가 없는 상황이었다.

"만일을 대비한 안가가 이곳 봉황산에 있어요. 그곳
은 기감이 뛰어난 무인들이라 해도 감지할 수 없는 교
묘한 진으로 보호되어 있기 때문에 정확한 위치를 알지
못하면 찾기가 힘들 거예요. 게다가 놈은 이 계집이 우
리와 함께 있다 여길 테니 우리 꽁무니를 쫓아올 테
죠."

남궁린의 입가에 비릿한 미소가 일었다.

"그렇다면 먼저 뒤에 붙은 쥐새끼를 처리해야겠군,
후후."

쇄애애애액!

동시에 남궁린의 검에서 한 줄기 섬광이 쏘아져 나갔
다.

콰아앙!

"이크! 이거 하마터면 젊은 나이에 세상과 작별할 뻔
했군. 기생오라비 같은 놈이 제법 날카로운 발톱을 가
졌구나, 크크크."

그들 뒤쪽 숲에서 어깨에 비스듬히 검를 걸친 적산이
모습을 드러냈다.

남궁린의 입가에 비웃음이 일었다.

"주제를 모르는 놈이로구나."

기껏해야 초절정 초입 정도의 공력을 가진 적산이 이미 화경을 넘어선 남궁린에게 상대가 될 터가 없었기 때문이다.

물론 진운룡처럼 공력을 갈무리 하거나 숨길 수도 있었지만, 적산에게서 노골적으로 풍겨져 나오는 기세를 보면 결코 그런 수준은 되지 못했다.

게다가 이곳에서는 피의 권능을 사용해도 아무 상관이 없었다.

적산이 본 실력을 숨겼다고 해도 그의 상대는 아닌 것이다.

적산의 입꼬리가 위로 말려 올라갔다.

"큭큭큭, 길고 짧은 것은 대 봐야 알지."

그의 눈에는 호승심이 가득했다.

"오라버니 시간이 없으니 빨리 끝내세요."

"걱정 마. 나도 길게 끌 생각은 없으니까."

우우우웅!

남궁린은 처음부터 검강을 생성했다.

"천미각에서부터 네놈이 거슬렸다!"

파파파팟!

남궁린의 몸이 적산을 향해 주욱 늘어났다.

동시에 그의 검이 십여 갈래로 분열했다.

십여 개의 검이 적산의 온몸 급소를 노렸다.

좌우상하 어디 한 군데 피할 곳이 보이지 않는 공격이었다.

그렇다면 막는 수밖에 없었는데, 검강이 서린 남궁린의 검과 정면으로 부딪힌다면 적산의 검은 그대로 썰려 나갈 것이다.

"죽어라!"

승리를 예감한 남궁린의 두 눈에 살기가 어렸다.

한데 그의 검이 막 적산의 몸에 작렬하는 순간이었다.

"엇!"

남궁린의 두 눈이 화등잔만 해졌다.

갑자기 적산의 몸이 기형적으로 꺾이며 남궁린의 검초를 절묘하게 피한 것이다.

허리가 마치 부러진 듯 기억자로 뒤로 꺾이고, 무릎은 반대로 꺾였다. 게다가 팔과 어깨는 남의 것인 듯 따로 놀고 있었다.

도무지 인간이 할 수 있는 자세라고는 믿어지지 않는 움직임이었다.

파앗!

남궁린이 경악한 사이 어느새 적산이 검을 뻗어 왔다.

"헛!"

깜짝 놀란 남궁린이 급히 검을 휘둘러 적산의 검을 쳐 냈다.

스악!

하지만 적산은 남궁린의 검을 교묘하게 피하며 그의 손목을 노렸다.

기겁한 남궁린이 급히 뒤로 훌쩍 물러섰다.

"뭐, 뭐냐!"

남궁린이 믿을 수 없다는 눈으로 적산을 바라봤다.

그의 움직임은 그 어떤 형식이나 규칙이 전혀 없었다.

마치 바람의 방향을 예측할 수 없는 것처럼 이리 불었다 저리 불고 있었다.

그것은 바로 무류검보의 위력이었다.

본디 적산 자체가 타고난 무재(武才)로 일반인과는 다른 육신과 오성을 가지고 있는데다 초식을 초월하는 무공 무류검보까지 익혔으니 그 위력이 탁월할 수밖에 없었다.

'분명 공력은 보잘 것 없는데!'

남궁린이 당혹스러운 얼굴로 적산을 바라봤다.

의외의 상황에 홍혜란이 눈살을 찌푸렸다.

"후후, 이 정도로 놀라면 곤란하지. 이제 시작인데 말이야."

적산이 건들거리며 남궁린에게 검을 겨눴다.

"남궁 오라버니 그래 봐야 저자는 오라버니 상대가 안 돼요. 힘으로 눌러 버리세요! 첫 번째 공격도 완전히 피하지 못했어요."

홍혜란의 말에 남궁린이 정신을 차렸다.

자세히 보니 적산의 팔과 다리에 붉은 혈선이 여러 개 나 있었다. 치명적인 상처는 피했지만, 남궁린의 공격에 상처를 입은 것이다.

"놈! 허세였구나!"

남궁린의 얼굴에 비릿한 미소가 일었다.

"글쎄! 확인해 보든가!"

적산이 물러서지 않고 전의를 불태웠다.

"가소로운 놈!"

기껏해야 초절정 정도의 경지에 불과한 적산이었다.

초절정과 화경은 그야말로 하늘과 땅 차이였다.

다만 처음 예상치 못한 적산의 움직임에 잠시 당황했을 뿐이다.

남궁린은 홍혜란의 말대로 힘의 차이를 이용해 밀어붙이기로 마음먹었다.

"어디 이것도 받아 보거라!"

콰콰콰콰콰!

남궁린이 연달아 서슬 퍼런 검강을 두른 검을 휘둘렀다.

사실 적산의 입장에서는 남감한 일이었다.

맞부딪히면 자신의 검이 녹아내리거나 잘릴 것이고, 피하는 것조차 만만치 않았다.

아무리 타고난 싸움꾼인 적산이라 해도 한계가 있을 수밖에 없었다.

퍼퍼퍼퍼퍽!

콰아아앙!

결국 적산은 남궁린의 일격을 허용하고 말았다.

"크윽!"

폭음과 함께 적산의 신형이 오 장이 넘는 거리를 튕겨 나갔다.

두 사람의 수준차가 워낙에 컸기에 재능만으로는 메꿀 수 없던 것이다.

"시간이 없으니 이제 그만 끝내자!"

남궁린이 득의에 찬 표정으로 검을 들어 올렸다.

"누구냐!"

그때였다.

갑작스레 들려온 홍혜란의 날카로운 목소리에 남궁린은 움직임을 멈추고 고개를 돌렸다.

"이게 누구신가? 미래의 천하제일인이라는 남궁린 공자가 아니신가? 그러지 않아도 찾아가려 하던 중인데, 스스로 눈앞에 나타나다니 오늘 내 운세가 제법 괜찮은 모양이군."

입가를 실룩거리며 홍혜란과 남궁린 앞에 나타난 이는 특이하게도 백발에 피처럼 붉은 입술과 분칠을 한 것처럼 창백한 피부를 가지고 있었다.

그 뒤로 죽립을 깊게 눌러쓴 십여 명의 무인들이 따르고 있었다.

남궁린은 상대에 대해 기억해 내려 애썼으나 도무지 누구인지 알 수 없었다.

분위기로 보아 결코 호의를 가지고 접근한 것은 아닌 듯 보였다.

"아무리 생각해 봐도 나와 그대들은 안면이 없는 듯하니, 따로 볼일이 없다면 그냥 가던 길이나 가시오."

남궁린이 공력이 실린 목소리로 상대를 위협했다.

하지만 백발의 사내는 꿈쩍도 하지 않았다.

"이거 섭섭하군그래. 대명호에서 우리 아이들이 제법 큰 신세를 졌다고 들었는데 말이야. 설마 벌써 잊은 것인가?"

순간 남궁린의 얼굴이 일그러졌다.

"동창!"

그렇다 백발 사내는 바로 동창의 첩형관 조문이었던 것이다.

마지막 기회를 받은 조문은 자신의 손으로 직접 진운룡과 남궁린 등을 처리하기 위해 곧장 제남으로 달려온 것이다.

일단 제남의 상황을 살핀 후 움직이려 봉황산에 대기하고 있던 중에 소란스러운 소리를 듣고 와 보니 이렇게 그가 찾던 사람 중 하나인 남궁린이 있는 것이 아닌가.

그것도 호위들도 거느리지 않은 채 말이다.

"하하하, 이제야 기억이 나는 모양이군그래. 이거 수고를 덜어 줬으니 일단 감사해야겠군. 그리고 자네 목숨은 고맙게 받아 가도록 하지."

의외의 상황에 남궁린과 홍혜란의 표정이 굳었다.

그렇지 않아도 시간이 모자란데, 동창 무사들에게 발목까지 잡히게 됐으니 그들로서는 난감할 수밖에 없었다.

게다가 상대의 기세가 만만치 않았다.

'그때 봤던 하륜이라는 자보다 위다!'

남궁린이 입술을 깨물었다.

조문의 경지는 얼핏 봐도 특무창위를 이끌던 하륜이란 자보다 윗줄이었다.

그 하륜조차도 남궁린이 감히 승부를 장담할 수 없는 실력을 가지고 있었다.

만일 조문 역시 피의 권능을 사용할 수 있다면 피의 권능을 얻은 지 얼마 되지 않은 남궁린이 맞서기엔 벅찬 상대였다.

"동창이 이제는 이렇게 대놓고 무림인들을 핍박하는 것인가요? 그대들이 비록 조정과 백성들에게는 무소불위의 권력을 휘두를지 몰라도 이토록 노골적으로 무림을 도발하는 것은 어리석은 일임을 모르는가요?"

홍혜란이 매서운 눈초리로 조문을 노려봤다.

"후후, 그대들이 어떻게 생각하든 사실 나도 이런 조잡한 방식은 선호하지 않는 편이야. 하지만 다른 선택의 여지가 없어서 말이지."

조문은 그야말로 벼랑 끝에 몰린 상황이었다.

그가 제독 육환에게서 목숨을 부지할 수 있는 유일한 방법은 남궁린과 진운룡의 목을 가지고 돌아가는 것이었다.

여기까지 와서 찬밥 더운밥 가릴 여유가 없었다.

홍혜란이 이를 악물었다.

뒤에선 진운룡이 쫓아오고 앞은 조문이 막고 있으니 그야말로 진퇴양난의 상황이었다.

이렇게 된 이상 결국엔 피의 권능을 사용할 수밖에 없었다.

자신과 남궁린의 정체는 숨기면서 진운룡을 함정에 빠뜨리고 소은설을 빼돌리기 위해 공들여 진행해 온 모든 계획이 무의미하게 되는 것이다.

짜증과 분노가 동시에 그녀의 머리를 채웠다.

"하나만 묻죠. 동창이 어떻게 피의 권능을 사용할 수 있는 것이죠?"

홍혜란의 물음에 조문이 놀란 눈으로 그녀를 바라봤다.

"네년이 어찌 피의 권능을 알고 있단 말이냐?"

그의 눈에서 살기가 일었다.

"오히려 내가 묻고 싶은 말이에요."

홍혜란도 지지 않고 살기를 흘렸다.

"흥! 어차피 네 년놈들을 모두 제압하고 물어보면 될 일."

드드드득!

뼈가 뒤틀리는 듯한 소리와 함께 조문의 창백한 피부

위로 핏줄이 불거져 나왔다. 동시에 그의 눈동자가 핏빛으로 변했다.

"피의 권능!"

남궁린이 딱딱하게 굳은 얼굴로 소리쳤다.

역시 예상대로 조문도 피의 권능을 사용할 수 있었던 것이다. 게다가 그 기세는 화륜과는 비교할 바가 아니었다.

"이 정도면 사령들과 비슷한 수준인데…….."

홍혜란의 표정도 심각해졌다.

혈신대법은 세 가지로 나뉜다.

처음 그들의 조직에 들어온 방염 같은 이가 받는 일차 혈신대법, 홍혜란이나 백승 같은 사령들이 받는 이차 혈신대법, 그리고 그들의 주인에게 최종적으로 선택된 자만이 받을 수 있는 진정한 혈신대법까지.

한데 조문은 분명 홍혜란 자신이 받은 이차 혈신대법의 그것과 비슷한 기운을 보이고 있었던 것이다.

'대체 어떻게 놈이 사령들이 받는 혈신대법을…….'

홍혜란의 머릿속에 의문이 꼬리를 물었다.

"크크크, 우선 네놈들의 피를 좀 마셔 볼까?"

악귀와 같은 얼굴을 한 조문이 음산한 미소를 날렸다.

홍혜란의 미간에 주름이 잡혔다.

조문이 강력한 힘을 가지고 있기는 하나, 그렇다고 그녀가 질 것이라 여기지는 않았다.

문제는 그녀와 남궁린에게는 시간이 없다는 사실이었다.

소은설을 데리고 달아나기 전 상황을 볼 때 당요와 홍무생은 진운룡을 이길 수 없을 것이다.

그들이 과연 얼마나 진운룡을 막아 줄 수 있을지 몰랐으나, 결국 진운룡은 소은설을 찾기 위해 홍혜란과 남궁린을 추적해 올 것이다.

'젠장!'

홍혜란이 이를 악물었다.

이렇게 된 이상 남궁린과 둘이 힘을 합쳐 최대한 빨리 조문을 처리하는 수밖에 없었다.

그녀는 즉시 피의 권능을 발현시켰다.

으드드득!

뼈가 뒤틀리는 소리와 함께 홍혜란의 두 눈이 핏빛으로 물들었다.

"여유를 부릴 상황이 아니니, 남궁 오라버니도 피의 권능을 사용하세요!"

홍혜란의 외침에 남궁린도 즉시 피의 권능을 발현시켰다.

"어찌 네년이!"

홍혜란이 피의 권능을 사용하자 조문 역시 눈을 부릅떴다.

그가 알기로 피의 권능은 오로지 제독동창 육환에게 선택을 받은 동창의 무사들만이 혈신대법을 통해 얻을 수 있었다.

육환이 홍혜란에게 혈신대법을 베풀었을 리는 없었다.

그렇다면 대체 어떻게 그녀가 피의 권능을 사용한다는 말인가.

게다가 홍혜란과 남궁린은 정도 무림의 촉망받는 후기지수였다.

피를 흡수해서 힘을 얻는 피의 권능을 사용한다는 것은 결코 정도와는 거리가 먼 일인 것이다.

"지금이라도 각자 갈 길을 가는 편이 서로에게 이득이니, 다시 한 번 생각해 보는 게 어떤가요?"

홍혜란이 날카로운 눈빛으로 조문을 쏘아봤다.

"후후, 이미 말했을 텐데? 나에겐 선택의 여지가 없다고."

"권주를 마다하고 기어코 벌주를 마시겠다는 거군요! 어리석은! 내 일을 방해한 대가를 치르도록 해 주지요!"

홍혜란의 눈에서 바윗덩이라 해도 단숨에 뚫어 버릴
듯한 진득한 살기가 흘러나왔다.

　　　*　　　　　*　　　　　*

한편 적산은 갑작스러운 상황에 엉거주춤한 상태였
다.

자신을 상대하던 남궁린이 새로운 적에게 화살을 돌
리고 나니, 당장 무엇을 어찌해야 할지 애매했다.

'아, 소은설!'

적산은 곧장 소은설을 살폈다.

가장 첫 번째 목표는 소은설을 저들에게서 빼내는 것
이었기 때문이다.

소은설은 혈도가 잡혀서 움직이지 못하는 상황이었다.

그 옆에는 소진태가 달라붙어 있었다.

소진태 정도라면 적산이 충분히 제압 가능했다.

문제는 그 사이에 남궁린과 홍혜란이 버티고 있다는
것이다.

'일단 저들끼리 싸움이 벌어졌을 때 기회를 봐서 구
해 내야겠군!'

싸움이 벌어지면 분명 적산이 움직일 기회가 생길 것

이다.

적산은 우선 당분간 상황을 살피기로 했다.

퍼억!

"크악!"

"끄으으!"

그때, 놀라운 일이 벌어졌다.

조문이 자신의 수하들 중 두 명의 머리에 손가락을 꽂아 넣은 것이다.

드드드드드!

조문의 손가락이 꽂힌 머리에서 핏줄기가 솟구쳐 나오더니 그대로 조문의 손으로 빠르게 흡수됐다.

두 수하는 눈 깜짝할 사이에 목내이처럼 쪼그라들었다.

자신들의 동료가 눈앞에서 죽어 감에도 나머지 동창위사들은 마치 당연한 일이 벌어졌다는 듯 꿈쩍도 하지 않았다.

"크크크크!"

구우우우웅!

피를 흡수한 조문의 기세가 이전과는 비교할 수 없을 정도로 강력해졌다.

"네 년놈들의 살과 뼈를 산 채로 갈아 마셔 주마!"

진득한 피비린내가 주변을 맴돌았다.

"흥! 당신 혼자서 우리 두 사람을 상대할 수 있으리라 보나요?"

홍혜란의 말에 조문의 입가에 묘한 미소가 일었다.

"대체 왜 내가 혼자 왔다고 생각하느냐? 내 뒤에 이 아이들은 허수아비로 보이는 모양이지?"

"호호호, 겨우 그들로 피의 권능을 사용하는 우리를 상대하겠다?"

홍혜란이 어이없다는 듯 웃었다.

방금 전 조문이 마치 도시락이라도 먹듯 피를 흡수해 희생 재물로 삼은 자들이 아닌가.

"후후, 그 웃음이 과연 언제까지 가는지 볼까? 시작해라!"

조문의 명에 맞춰 죽립을 쓴 동창 위사들이 앞으로 나섰다.

우우우우우웅!

곧이어 그들의 기세가 급변하기 시작했다.

"서, 설마 모두 피의 권능을?"

"후후, 비로소 눈치챈 모양이군. 어때, 이래도 네년을 상대하기 모자람이 있느냐?"

피를 빨려 죽은 두 명을 제외한다 해도 모두 열세 명

이 피의 권능을 사용한 것이다.

남궁린의 안색이 딱딱하게 굳었다.

대명호에서 마주쳤던 특무창위들과 죽립인들의 기세가 비슷하다는 것을 눈치챈 것이다.

물론, 기세로 보아 그들이 사용하는 피의 권능은 조문이나 홍혜란 남궁린의 그것과는 차이가 나는 것이었다.

하지만 그렇다 해도 인원수가 너무 많았다.

만일 그들이 남궁린의 발목을 잡고 홍혜란이 조문을 혼자 상대해야 된다면 쉽지 않은 싸움이 될 것이다.

이대로라면 빠른 시간 안에 조문을 처리하고 봉황산을 벗어나는 것은 불가능했다.

홍혜란의 얼굴이 일그러졌다.

전혀 예상치 못했던 변수가 자신의 모든 계획을 수포로 만들어 버렸으니 그녀의 마음이 편할 리가 없었다.

이제는 진운룡에 대한 생각보다도 눈앞에서 자신의 계획을 망친 조문을 쳐 죽이는 것이 더 중요했다.

"네놈과 네놈의 버러지 같은 졸개 놈들을 모조리 죽여 버리겠다!"

분노한 홍혜란의 주변 대기가 끓어올랐다.

그녀의 육신으로부터 붉은 기운이 아지랑이처럼 피어올랐다.

츠츠츠츠츠!

붉은 기운들은 꿈틀대며 여러 갈래로 뭉쳐 마치 촉수처럼 길게 늘어났다. 그렇지 않아도 악귀같이 변해 버린 외모가 더욱 기괴하게 느껴졌다.

"죽어라!"

날카로운 외침과 동시에 붉은 기운의 촉수들이 조문과 특무창위들을 덮쳤다.

촤촤촤촤촤!

"쳐라!"

창위들과 함께 몸을 날린 조문이 촉수들에 맞서 장력을 쳐 냈다.

동시에 붉은 손바닥 모양의 장영이 순식간에 허공을 가득 매웠다.

파파파파파팡!

붉은 기운의 촉수와 조문이 펼쳐 낸 장력이 부딪히며 공기가 터져 나갔다.

매섭게 돌진해 오던 붉은 촉수들은 조문의 장력에 막혀 더 이상 앞으로 나아가질 못했다.

그것은 조문의 장력 또한 마찬가지였다.

"어디 이것도 막아 보거라!"

살기 어린 홍혜란의 외침과 동시에 촉수들이 회전하

기 시작했다.

휘이이이이잉!

쩌저저정!

회전하는 촉수의 뾰족한 끄트머리가 조문의 장력을 그대로 꿰뚫어 버렸다.

"갈(喝)!"

순간 조문이 사자후를 토해 내고는 허리를 활처럼 뒤로 휘었다가 앞으로 튕기며 두 팔을 뻗어 냈다.

콰르르릉!

그러자 놀랍게도 조문의 두 손에서 붉은 뇌전이 쏘아져 나갔다.

콰콰콰쾅!

뇌전과 촉수가 부딪히며 어마어마한 기의 폭풍이 사방을 덮쳤다.

남궁린과 특무창위들도 손을 멈춘 채 멀찍이 물러설 정도의 위력이었다.

그들의 시선은 폭풍 한가운데로 집중되어 있었다.

과연 이번 충돌의 결과가 어떻게 되었는지를 확인하기 위해서였다.

홍혜란과 조문 중 누가 우위를 점했느냐에 따라 전체 싸움의 판도 역시 결정 나게 될 것이기 때문이었다.

곧 폭풍이 가시고 장내의 상황이 드러났다.

남궁린의 표정이 어두워졌다.

조문과 홍혜란 두 사람 모두 뒤로 두 걸음씩 물러난 상태였기 때문이다.

둘 중 누구도 우위를 점하지 못한 것이다.

시간이 부족한 남궁린과 홍혜란에게는 좋지 않은 결과였다.

조문과 홍혜란은 잠시 숨을 고르며 서로를 노려보고 있었다. 상대가 만만치 않음을 안 이상 섣불리 움직일 수가 없었다.

"어떤가? 그대가 그토록 믿고 아끼던 딸년의 진정한 정체를 본 소감이?"

그때, 남궁린의 귀에 그가 지금 가장 듣기 원치 않는 목소리가 들려왔다.

"주군!"

멀찌감치서 싸움을 지켜보던 적산이 반가운 목소리로 소리쳤다. 어느새 진운룡이 그들을 따라잡은 것이다.

3장
소은설의 죽음

"진운룡!"

홍혜란이 이를 갈며 진운룡을 노려봤다.

그녀의 시선이 진운룡의 옆구리에 걸쳐 있는 홍무생에게로 향했다. 홍무생의 두 눈은 경악과 불신으로 가득 차 있었다.

"저, 정녕……. 네가 혜란이란 말이냐!"

악귀처럼 일그러진 얼굴 피부 밖으로 불거져 나온 핏줄, 저 모습이 어떻게 자신의 사랑스런 손녀와 같은 존재일 수 있단 말인가.

충격을 받기는 당요 역시 마찬가지였다.

"남궁린, 저 아이까지………."

정파 제일의 후기지수이며 미래의 천하제일인이라 추앙받던 남궁린이다. 그가 뭐가 아쉬워 사공을 익히고 음모를 꾸민단 말인가.

진운룡의 입가에 조소가 일었다.

"직접 보고서도 못 믿겠다는 말인가? 아마 둘 다 혈신대법을 받은 모양이군. 결국, 그대들이 그토록 자랑하던 아이들이 나와 같은 괴물이었다니 놀랍지 않은가?"

홍무생과 당요는 아무런 반박도 하지 못했다.

홍혜란과 남궁린의 모습은 진운룡의 말대로 괴물과 다름 없었다.

진운룡의 말이 사실이라면—지금까지의 상황으로 보아 사실일 확률이 높았다—홍혜란과 남궁린이 피를 흡수하는 사공을 익혔다는 것이고, 그 말은 즉, 두 사람이 차마 입에 담지 못 할 참사들을 일으킨 암중 세력과 결탁을 했을 수도 있다는 이야기였다.

아니, 열에 아홉은 그것이 맞을 것이다.

그들이 오늘 일을 꾸몄다는 것이 그 사실을 뒷받침하고 있었다.

소은설과 진운룡의 말이 맞다면, 홍혜란과 남궁린은 그녀를 납치하고 제갈무진을 죽여 그에게 죄를 뒤집어

씌운 것이 된다.

그들이 노린 것은 빤했다.

차도살인지계(借刀殺人之計).

홍무생과 당요가 진운룡과 상잔하도록 만들기 위해서
일 것이다.

암중 세력에게 있어서 진운룡은 손톱에 박힌 가시 같
은 존재였다.

진운룡을 잡기 위해 꾸민 음모에 홍무생과 당요가 놀
아난 것이다.

"혜란아…… 대체 무엇 때문에 네가…….”

홍무생이 말을 잇지 못했다.

무엇이 부족하기에 암중 세력과 결탁하고 사공을 익
혔단 말인가.

홍혜란의 입가에 조소가 일었다.

"흥! 할아버지는 여인인 제가 강호에서 인정받는 것
이 얼마나 힘든 일이었는지 알기나 하세요? 사내들보다
몇 배 더 노력하고 뛰어난 능력을 발휘해도 사람들이
관심을 갖는 것은 오로지 제 외모뿐이에요. 앞에서는
어지간한 사내보다 낫다는 둥, 풍신의 손녀답게 대단하
다는 둥, 입에 발린 말을 늘어놓지만, 무림맹이나 개방
에서 중요한 직책과 역할을 맡는 것은 모두 사내들의

뿐이죠. 저는 더 이상 그런 눈요기꺼리 인형으로 살고
싶지 않아요!"

"혜, 혜란아……."

홍무생의 눈동자가 흔들렸다.

자신의 손녀가 저런 마음을 가지고 있을 것이라고는
생각도 못했다.

하지만 그것이 사실이라 해도 홍혜란은 넘어서는 안
될 선을 넘어 버렸다.

"그렇다고 어찌 사공을 익히고 무고한 이들을 해치는
무리와 결탁한단 말이냐! 제갈가의 아이를 죽인 것도
정녕 네 짓이냐?"

이미 마음 한구석에서는 그녀가 이 모든 일의 원흉임
을 알고 있으면서도 홍무생은 다시 한 번 물었다.

자신의 손녀가 이처럼 악독하고 교활한 음모를 꾸몄
다는 사실을 결코 믿고 싶지 않았던 것이다.

"이제 와서 부인할 필요는 없겠지요."

홍무생의 얼굴에 한탄이 어렸다.

"이 모든 것이 다 내 부덕의 소치로구나……."

힘없는 목소리로 홍무생이 고개를 떨궜다.

손녀가 이렇게까지 된 것은 자신에게도 책임이 있었
다.

"큭큭큭, 정말 못 봐주겠군."

그때 조문이 비릿한 미소를 지으며 앞으로 나섰다.

"조손 간의 오붓한 대화를 방해해서 미안하지만, 내가 워낙 바쁜 몸이라 말이오. 먼저 용무를 좀 해결할 테니 풍신께서 이해 좀 해 주시오, 후후."

짐짓 무림 선배에게 예의를 차리는 양 조문이 홍무생에게 점잖게 양해를 구했다. 하지만 그의 표정과 말투에는 비웃음이 가득했다.

무림을 호령하는 그 대단한 십이천이 결국 자신의 피붙이에게 뒤통수를 맞는 모습을 보니 절로 실소가 터져 나왔던 것이다.

"그나저나……."

조문이 천천히 고개를 들어 올렸다.

그의 시선이 홍무생과 당요를 허리에 끼고 있는 진운룡에게로 향했다.

"네놈이 바로 그 진운룡인 모양이로구나! 후후후, 이거 오늘 내게 행운이 따라 주는 모양이군! 나를 제남까지 오게 만든 주인공들을 이렇게 한 자리에서 만나다니 말이야."

진운룡이야말로 조문의 진정한 원수이자 목표였다.

동창의 일을 방해하고 자신을 이 지경까지 내몬 장본

인이 바로 진운룡이었기 때문이다.

진운룡의 한쪽 입꼬리가 위로 말려 올라갔다.

사실 고마워할 사람은 오히려 그였다.

혈신대법과 관계된 자들이 셋씩이나 나타났으니 그들에게서 얻을 수 있는 정보도 그만큼 더 많아진 것이다.

"내가 궁금한 게 좀 많은데 누가 먼저 입을 열겠나?"

진운룡은 당요와 홍무생을 아무렇게나 바닥에 내팽개친 채 천천히 걸음을 옮겼다.

그의 표정은 너무도 무덤덤해서 눈앞에 악귀의 모습으로 버티고 선 홍혜란과 남궁린, 조문을 전혀 개의치 않는 듯했다

"하하하! 이거 대단하다는 이야기는 들었지만, 실제로 접해 보니 제법 마음에 드는군그래. 만일 네놈이 우리 일을 망치고 수하들을 죽이지만 않았다면 당장 내 편으로 끌어들이고 싶을 정도로 말이야!"

"홀로 십이천 둘을 제압한 자예요! 혼자 상대하는 것은 무리죠. 어차피 놈은 우리의 공동의 적이니 일단 힘을 합쳐 놈을 먼저 쓰러뜨리도록 하죠."

홍혜란의 제안에 조문이 시선을 돌렸다.

"십이천 둘을? 그러고 보니……."

자세히 살펴보니 바닥에 주저앉아 있는 홍무생과 당

요의 몰골이 말이 아니었다.

당요는 단전에 구멍이 뚫리다시피 큰 상처가 있었고, 홍무생은 오른팔이 어깨부터 잘려 있었다.

이곳에 도착할 당시 진운룡이 두 사람을 허리에 끼고 온 것이나, 그들과의 대화를 살펴볼 때 두 사람을 그리 만든 것이 바로 진운룡이라는 사실을 어렵지 않게 짐작할 수 있었다.

조문과 홍혜란이 눈을 마주쳤다.

조문은 결코 자신의 주제를 모르거나 어리석은 자가 아니었다. 십이천 둘을 혼자서 죽이지도 않고 제압할 정도라면 진운룡의 능력은 그가 보고 받은 것보다 몇 배는 더 뛰어날 것이 분명했다.

생각해 보면 사실 대명호에서 동창이 노린 것은 진운룡이었고, 남궁린은 그저 휘말린 것뿐이다.

"적의 적은 동지라 했던가? 좋아, 일단 우리 일은 뒤로 미루고 놈부터 처리하도록 하지."

조문이 씨익 웃으며 말했다.

"의논은 다 끝났나?"

긴장감이라고는 찾아볼 수 없는 얼굴로 진운룡이 말했다.

"건방진 놈!"

조문이 그대로 진운룡을 향해 돌진했다.

츠츠츠츠!

그의 손에는 어느새 핏빛 뇌전이 어려 있었다.

"하앗!"

기합과 함께 조문의 양손에서 뇌전 다발이 진운룡을 향해 쏘아져 나갔다.

쩌저저저적!

공기가 갈라지는 소리가 귀를 때렸다.

동시에 홍혜란과 남궁린도 움직였다.

홍혜란은 핏빛 촉수를 채찍처럼 길게 뻗어 냈고, 남궁린은 피처럼 붉게 물든 검강을 날렸다.

그 모습이 마치 진운룡을 중심으로 피의 소용돌이가 치는 것만 같았다.

강력한 세 사람의 공격이 앞에서 진운룡은 마치 바람 앞의 촛불처럼 위태해 보였다.

순간 진운룡의 신형이 분열했다.

스스스스!

갑자기 나타난 세 명의 진운룡이 세 가지 공격을 향해 손을 뻗었다.

너무도 빠른 움직임에 잔상이 남아 마치 세 명의 진운룡이 있는 듯 보인 것이다.

콰콰콰콰쾅!

모든 것을 파괴할 것처럼 무섭게 몰아치던 세 사람의 공격이 벽에 막힌 듯 진운룡의 장력에 터져 나갔다.

"이제 겨우 시작일 뿐이다!"

조문의 핏빛 번개가 더욱 굵고 선명해졌다.

홍혜란과 남궁린의 공격 역시 더 거세졌다.

빠아아앙!

쩌어어억!

콰콰콰콰쾅!

반격할 틈도 주지 않고 세 사람의 공격이 이어졌고, 진운룡의 모습은 폭발과 흙먼지에 묻혀 버렸다.

그럼에도 조문과 홍혜란, 남궁린은 공격을 멈추지 않았다.

"으아아아아아아!"

마치 광인처럼 조문은 괴성을 질러 대며 연신 뇌전을 쏘아 댔다.

이 정도로 진운룡이 무너지지 않으리라는 것을 잘 알고 있었기 때문이다.

그 위로 홍혜란이 쏘아 낸 수십 가닥의 촉수가 꽂혔다.

콰콰콰콰콰쾅!

세 사람의 무지막지한 공격이 반 각 가까이 계속 되었을 때였다.

폭염 속에서 한 가닥 빛줄기가 번뜩였다.

촤아아악!

동시에 공간이 빛줄기를 따라 세로로 갈라졌다.

핏빛 뇌전도 수십 가닥 촉수도, 남궁린이 쏘아 낸 검강도 공간과 함께 잘려 나갔다.

번쩍!

곧이어 세 가닥의 빛줄기가 공간이 잘린 틈을 뚫고 세 사람에게 쏘아져 왔다.

"젠장!"

조문과 홍혜란, 남궁린이 이를 악물고 급히 빛줄기를 막았다.

쾅! 쾅! 쾅!

세 개의 폭음이 거의 동시에 터져 나왔고, 세 사람은 술 취한 사람처럼 허겁지겁 뒤로 물러섰다.

세 사람의 시선에는 경악이 담겨 있었다.

그들의 시선이 향한 곳에는 진운룡이 장검을 빼 든 채 오연한 모습으로 서 있었다.

강력했던 세 사람의 공격 속에서도 진운룡은 단 한 점의 상처도 입지 않은 상태였다.

"정말 괴물이구나!"

조문이 혀를 내둘렀다.

"크윽! 이럴 수가!"

남궁린의 입가에는 핏물까지 흐르고 있었다.

가장 실력이 떨어지는 그로서는 진운룡의 일격을 막아 내기에 역부족이었다.

홍혜란의 머릿속이 복잡해졌다.

진운룡은 그야말로 괴물이었다.

이 정도라면 일 사령이 나선다 해도 승부를 장담할 수 없을 정도지 않은가.

이 상태로는 진운룡을 없애는 것은커녕 온전히 달아나는 것조차 만만치 않아 보였다.

그때 그녀의 눈에 혈도가 점해진 채 바닥에 쓰러져 있는 소은설의 모습이 들어왔다.

순간, 홍혜란의 머릿속에 이 위기를 벗어날 한 가지 방책이 떠올랐다.

'계집을 인질로 삼으면 놈도 함부로 손을 쓰지 못할 거야!'

지금까지의 정보로 볼 때, 소은설이라는 계집은 진운룡에게 있어 매우 중요한 존재임이 틀림없었다.

그녀를 구하기 위해 여기까지 필사적으로 쫓아온 것

이 그 사실을 뒷받침하고 있었다.

"오라버니! 그 계집을 인질로 잡으세요!"

홍혜란이 소은설 근처에 주저앉아 있던 남궁린에게 급히 소리쳤다.

홍혜란의 의중을 파악한 남궁린이 즉시 소은설을 덮쳤다.

"어딜!"

홍혜란의 속셈을 눈치챈 진운룡이 번개처럼 검을 휘둘렀다.

번쩍!

은빛 섬광이 공간을 가로질러 남궁린의 등을 향해 쏘아졌다.

방금 전의 위력을 생각했을 때 이대로 직격을 당하게 되면 남궁린의 몸이 그대로 쪼개질 것이 틀림없었다.

콰아아아앙!

"으음!"

하지만 폭음과 함께 뒤로 튕겨 나간 것은 홍혜란이었다.

몸을 날려 진운룡의 공격을 막아 낸 것이다.

진운룡의 눈썹이 하늘로 치켜 올라갔다.

그 틈에 남궁린이 소은설 바로 앞까지 도달해 있었던

것이다.

*   *   *

한편, 소은설은 진운룡이 도착한 이후 남궁린 등의 경계가 허술해지자, 혈도를 풀기 위해 노력을 기울였다.

홍혜란이 직접 손을 쓴 것이기에 불가능하리라는 것은 알고 있었으나, 지금으로서는 그녀가 할 수 있는 일이 그것밖에는 없었다.

한데 놀랍게도 그녀의 노력은 효과가 있었다.

몸 안에 내기를 돌린 지 얼마 되지 않아 혈도가 조금씩 풀리기 시작한 것이다.

그녀 스스로도 어리둥절한 일이었다.

아마도 홍혜란이 그녀의 능력을 너무 우습게 보고 대충 점혈해 놓은 것이라고밖에 생각할 수 없는 상황이었다.

원인이야 어찌 됐든 진운룡과 홍혜란 등이 격돌하는 사이 소은설의 몸은 서서히 정상으로 돌아오고 있었고, 마침내 손과 발이 조금씩 움직이게 됐다.

'됐어!'

소은설은 이를 악물고 온몸에 기운을 돌렸다.

홍혜란의 날카로운 목소리가 들려온 것은 바로 그때였다.

"오라버니! 그 계집을 인질로 잡으세요!"

동시에 남궁린이 소은설을 향해 고개를 돌렸다.

소은설의 눈동자가 흔들렸다.

십여 장도 채 되지 않는 거리였다.

이대로라면 남궁린은 눈 깜짝할 사이에 소은설이 있는 곳까지 도착할 것이다.

잠시 멈칫했던 남궁린이 홍혜란의 의도를 알아차리고는 곧장 몸을 날렸다.

싸움을 하면서도 계속 소은설을 주시하고 있었던 진운룡이 남궁린의 움직임을 놓치지 않고 검을 휘둘렀다.

번쩍!

방금 전 남궁린을 비롯한 세 사람을 일 수에 물러서게 한 강력한 섬광이었다.

콰아아앙!

하지만 안타깝게도 폭음과 함께 날아간 것은 남궁린이 아닌 홍혜란이었다. 그녀가 온몸을 던져 진운룡의 공격을 막아 낸 것이다.

그사이 남궁린은 소은설 코앞까지 다가와 있었다.

남궁린이 소은설을 향해 손을 뻗었다.

'제발!'

소은설은 그야말로 절박한 마음으로 혼신의 힘을 다해 몸을 움직였다.

그 순간.

투둑!

갑자기 그녀의 몸 안에서 무언가가 터져 나가는 듯한 소리가 들려왔다.

동시에 그녀의 움직임을 가로막던 혈도가 마치 둑이 터지듯 뚫려 버렸다.

그녀는 방향을 생각할 겨를도 없이 무작정 앞을 향해 몸을 날렸다.

"으아아아아!"

남궁린의 손가락이 그녀의 뒤쪽 머리카락을 스치고 지나갔다.

"엇!"

갑작스런 상황에 당황한 남궁린이 잠시 멈칫했다.

설마 소은설이 점혈을 풀고 달아나리라곤 생각지도 못했기 때문이다.

그 짧은 시간이 소은설에게는 천금과도 같았다.

그녀는 죽자 사자 진운룡이 있는 쪽으로 내달렸다.

현재 이곳에 강기가 날아다니는 살벌한 전쟁터라는 것은 생각할 여유조차 없었다.

"놓치면 안 돼! 잡아!"

얼굴이 하얗게 질린 홍혜란이 악을 쓰며 소리쳤다.

소은설이 그녀에게 남은 마지막 희망이었기 때문이다.

그제야 정신을 차린 남궁린과, 싸움에 정신이 팔려 있던 소진태가 급히 소은설을 쫓았다.

"이리로!"

그때, 소은설을 계속 주시하며 틈을 보고 있던 적산이 움직였다.

"젠장!"

남궁린의 얼굴이 일그러졌다.

적산이나 자신이나 소은설과의 거리는 비슷했다.

하지만, 신법은 그가 앞선다.

문제는 소은설이 적산을 향해 달리고 있다는 것이다.

게다가 소은설의 무공 실력은 형편없었으나, 신법은 제법 훌륭했다.

도둑에게 가장 중요한 일은 달아나는 것이니 당연하리라.

이대로라면 적산이 먼저 소은설을 확보할 게 분명했다.

물론, 적산은 남궁린의 상대가 아니었기에 충분히 제압할 수 있었다.

그러나 그동안 소은설은 진운룡에게 당도하고 말 것이다.

남궁린의 얼굴에 절망이 어렸고, 적산의 얼굴에는 회심의 미소가 드리워졌다.

바로 그 순간.

푸욱!

그 일은 너무도 순식간에 일어났다.

허공으로 흩날리는 핏물과 함께 모든 사람의 움직임이 멈췄다.

"안 돼!"

홍혜란의 얼굴에 절망이 어리고, 진운룡의 두 눈에 분노의 화염이 일었다.

남궁린과 적산은 넋이 나간 사람처럼 동작을 멈추고 서 있었다.

그들의 시선이 향한 곳에는 소은설이 눈에 초점을 잃은 채 서서히 무너져 내리고 있었다.

그녀의 왼쪽 가슴에는 어느새 한 자루 검이 꽂혀 있었다.

그곳으로부터 너무나도 빨간 선혈이 흘러나와 마치

현실이 아닌 듯 느껴졌다.

"이런 멍청한! 대체 왜!"

홍혜란이 경악 어린 얼굴로 소리쳤다.

검의 손잡이로부터 일직선으로 이어진 곳에는 조문이 오른손을 들어 올린 채 광기 어린 미소를 짓고 있었다.

그가 소은설에게 검을 던진 것이다.

* * *

"네, 네놈이 왜?"

홍혜란이 하얗게 질린 얼굴로 조문을 손가락질 했다.

도대체 이해할 수 없는 일이었다.

진운룡의 능력이 그들의 상상을 뛰어넘는 수준이라는 것을 확인한 이상 이곳을 빠져나갈 유일한 방법은 소은설을 인질로 잡는 것뿐이었다.

한데 어리석게도 조문이 그 여자를 보기 좋게 없애 버린 것이다.

"큭큭큭, 어차피 난 여기서 저 진 가 놈을 없애지 못하면 모든 게 끝이야. 이년을 인질로 잡아서 도망치는 건 아무런 의미도 없다는 말이지."

조문이 일그러진 미소를 지으며 말을 이었다.

"후후, 그리고 나 혼자 상대하기에는 저놈이 좀 버겁거든. 저년을 인질로 삼아서 너희 둘이 달아나면 진 가 놈을 죽일 방법이 없단 말이지. 큭큭큭, 그러니 너희 놈들도 딴생각할 여지를 없애 버린 것이다."

홍혜란과 남궁린의 얼굴이 일그러졌다.

한마디로 두 사람이 어쩔 수 없이 진운룡과 싸우도록 만들기 위해 소은설을 죽였다는 이야기였다.

그야말로 어처구니없는 일이었다.

"이런 개 같은!"

"큭큭큭, 이 상황에서 나와 싸울 만큼 어리석지는 않겠지? 너희도 이젠 선택의 여지가 없잖아?"

홍혜란이 입술을 깨물며 화를 삭였다.

조문의 말대로 이젠 선택의 여지가 없었다.

"게다가 내 모든 걸 앗아 간, 저 진 가 놈 역시 소중한 것을 잃는 아픔을 겪게 해 주고 싶었거든."

씨익!

번들거리는 눈으로 조문이 진운룡을 바라봤다.

진운룡은 바닥에 쓰러진 채 미동도 하지 않는 소은설에게서 마치 석상이라도 된 듯 시선을 떼지 못하고 있었다.

"어떠냐? 네놈도 이제 내 심정을 조금은 알겠지?"

진운룡은 조문을 무시한 채 천천히 소은설에게 다가
왔다.

홍혜란과 남궁린 조문이 주춤하고 뒤로 물러섰다.

진운룡에게서 풍기는 분위기가 이제까지와는 전혀 달
랐기 때문이다.

살을 에는 공포.

뒤통수로부터 등골을 타고 온몸으로 번지는 저릿한
무언가가 그들을 스스로 움츠러들게 했다.

진운룡의 눈은 여전히 소은설을 향하고 있었다.

마치 다른 어떤 것도 안중에 없는 듯했다.

그는 천천히 허리를 굽혀 소은설의 상태를 확인했다.

아직 온기가 남아 있었다.

하지만 맥이 잡히지 않았다.

심장이 관통되었으니 살아 있을 리 만무했다.

진운룡의 머릿속이 혼란스러워졌다.

기시감이 느껴졌다.

고통스러웠던 과거의 기억이 현재와 겹쳐졌다.

품 안에서 제갈여령의 죽음을 지켜봐야 했던 그가,
백 년이 지난 후 다시 그녀와 똑같이 닮은 여인을 지켜
내지 못하고 눈앞에서 잃고야 말았다.

소은설의 심장으로부터 흘러나오는 선홍빛 피가 진운

룡의 두 눈동자를 빨갛게 물들였다.

가슴 한구석으로부터 참을 수 없는 분노와 광기가 스멀거리며 피어올랐다.

드드드드드드드!

숨조차 쉴 수 없는 무겁고 지독한 살기가 진운룡을 중심으로 사방으로 퍼져 나갔다.

"크윽……."

여기 있는 이들 중 무공이 가장 약하다고는 하나, 이미 화경의 경지를 넘어선 남궁린이 신음을 흘리며 비틀거릴 정도로 압도적이고 강력한 살기였다.

그 위압감에 홍혜란과 조문조차도 감히 움직일 생각을 하지 못했다.

"나에게…… 소중하다?"

얼음처럼 차가운 목소리가 모두의 머리를 파고들었다.

진운룡은 고개도 돌리지 않은 채로 말을 이었다.

"과연 그럴까?"

천천히 몸을 일으키는 진운룡의 두 눈은 핏빛으로 붉게 물들어 있었다.

"오로지 이 아이만이…… 나를 막을 수 있었는데……."

그의 얼굴은 홍혜란이나 조문처럼 악귀로 변해 있었다.

아니, 그들보다 더 섬뜩하고 공포스러운 모습. 아수라의 마귀가 세상에 현신한 듯한 모습이었다.

머리카락은 가시처럼 사방을 향해 뻗고, 시체처럼 창백하고 하얀 얼굴에 송곳니는 마치 짐승의 그것처럼 길고 날카롭게 솟아 있었으며, 길게 찢어진 핏빛 두 눈은 하늘로 치켜 올라가 있었다.

"이제 이 아이가 죽었으니 너희는 과연 어떻게 나를 감당하겠느냐?"

순간, 홍혜란과 조문, 남궁린 세 사람은 마치 바닥을 알 수 없는 늪에 빠진 듯한 느낌을 받았다.

　　　　*　　　　　　*　　　　　　*

그것은 공포 그 자체였다.

손가락 하나 움직일 수 없는 거대한 공포가 모두를 덮쳤다. 머릿속에는 오로지 이곳을 달아나야 한다는 생각만이 가득했다.

하지만 육신은 그들의 의지를 배신했고, 혼백마저도 저주라도 걸린 것처럼 얼어붙어 버렸다,

"으……… 으아아아아아! 어, 어차피 네놈을 없애지 못하면 나, 나는 죽은 목숨이다! 어, 어디 한 번 해보자!"

턱을 더덕거리며 조문이 검을 겨눴다.

그의 눈에도 광기가 흐르고 있었다.

"이런 미친!"

홍혜란이 이를 갈며 붉은 기운을 끌어 올렸다.

어차피 지금 진운룡의 기세를 볼 때, 달아나는 것도 쉽지 않았다.

그렇다면 남은 것은 오로지 하나!

남궁린도 입술 사이로 핏물을 흘리며 검을 들어 올렸다.

진운룡이 몸을 완전히 일으키자 그들을 향한 압력이 더욱 거세졌다.

마치 거대한 산이 버티고 있는 듯했다.

구구구구구구구구!

진운룡이 발산해 내는 살기로 인해 대기가 부글부글 끓어오르기 시작했다.

"우우우우우우우!"

광소성과 함께 어마어마한 기파가 주변을 덮쳤다.

콰콰콰콰콰콰쾅!

"크윽!"

"이익!"

홍혜란을 비롯한 세 사람은 기파에 쓸려 나가지 않기 위해 안간힘을 다해 버텼다.

"지, 진을 펼쳐라!"

조문이 동창의 위사들에게 명했다.

동시에 열세 명의 위사가 진운룡을 둘러쌌다.

그들은 진운룡이 뿜어내는 어마어마한 살기를 받아 내면서도 그다지 영향을 받지 않는 듯 보였다.

오히려 남궁린보다도 멀쩡하게 움직이고 있었다.

"크으윽! 그, 그들은 실혼인(失魂人)들이다! 혈신대 법을 받았으나, 동시에 강시대법도 받은 자들이지. 피 와 살을 가지고 있으되 아무런 고통도 감정도 느끼지 못한다! 오, 오로지 내 명령만 따르지!"

그제야 조운에게 스스로의 목숨을 아무렇지도 않게 받쳤던 모습과 진운룡의 살기에도 비교적 잘 버틴 이유 가 이해됐다.

의지가 없고 오로지 조문의 명에만 따르는 인간의 육 신을 가진 강시가 바로 그들이었던 것이다.

"어, 어디 실혼인들이 펼치는 파혼멸쇄진(破魂滅碎 陳)도 막아 낼 수 있는지 보자!"

쿠우우우웅!

동시에 마치 하늘이 무너져 내린 듯한 어마어마한 압력이 진운룡을 내리눌렀다.

파혼멸쇄진은 동창이 무림의 초고수들을 상대하기 위해 심혈을 기울여 완성한 비장의 진법으로 황실비고에 있는 수많은 무공 서적과 기문진법들의 정수를 취합한 결과물이기에 소림의 나한진이나 개방의 타구진과 비교해도 그 위력을 자신할 만큼 강력한 진법이었다.

진법이 발동하면 그 중심에 있는 이는 온몸을 수천 근의 쇳덩이가 내리누르는 듯한 거대한 압력을 느낀다.

조문은 파혼멸쇄진 안에서라면 제아무리 진운룡이라 해도 운신이 쉽지 않을 것이라 확신했다.

그때 진운룡의 신형이 유령처럼 사라졌다.

"엇!"

깜짝 놀란 조문과 홍혜란이 진운룡의 종적을 찾기 위해 재빨리 사방을 훑었다.

콰드득!

진운룡이 나타난 곳은 진의 우측에 있던 실혼인 바로 앞이었다.

그는 오른손으로 실혼인의 머리통을 수박을 으깨듯 간단히 부숴 버렸다.

실혼인의 머리가 터져 나가며 뇌수와 피가 허공으로 흩뿌려졌다.

너무도 쉽게 실혼인 하나를 해치운 진운룡의 신형이 다시 한 번 사라졌다.

진운룡은 마치 순간 이동이라도 하는 것처럼 또 다른 실혼인 앞에서 갑자기 모습을 드러냈다.

퍼억! 콰득!

이번에는 두 명의 실혼인이 진운룡에게 머리가 터져 나갔다.

그의 잔인한 손속에는 일말의 망설임도 느껴지지 않았다.

동에 번쩍 서에 번쩍 하며 진운룡은 순식간에 절반이 넘는 실혼인들의 머리통을 부숴 버렸다.

진운룡의 움직임은 너무도 빨라서 홍혜란과 조문이 눈으로 쫓을 수 없을 정도였다. 파혼멸쇄진의 영향을 전혀 받지 않고 있었다.

"이, 이놈!"

비장의 수였던 파혼멸쇄진이 너무도 쉽게 무너져 버리자 조문이 그대로 진운룡을 향해 달려들었다. 자신의 수족이자 남아 있는 전력의 전부라 할 수 있는 실혼인들이 몰살당하는 것을 더는 보고만 있을 수는 없었던 것이다.

씨익!

순간, 진운룡의 입가에 비릿한 미소가 걸렸다.

콰르르르릉!

동시에 천둥소리와 함께 진운룡을 중심으로 거대한 핏빛 소용돌이가 생겨났다.

"우읍!"

소용돌이로 인한 강력한 인력에 조문이 깜짝 놀라 움직임을 멈췄다.

엉거주춤 서 있던 홍혜란과 남궁린도 끌려 들어가지 않기 위해 급히 공력을 끌어 올려 버렸다.

지름이 십 장이 넘는 거대한 소용돌이는 단숨에 남아 있던 실혼인은 물론, 바닥에 쓰러진 시신들까지 집어삼켰다.

살아남은 실혼인들은 소용돌이를 벗어나기 위해 발버둥 쳤지만, 소용돌이의 강력한 흡인력에 저항할 수 없었다.

콰드드드득!

퍼억!

촤아아아아아!

곧이어 놀랍게도 핏빛 소용돌이 안에 빨려 든 실혼인

들과 그 시신들이 허공에서 뒤틀리더니 어느 순간 터져 나가며 피안개로 화했다.

조문과 홍혜란은 얼이 반쯤 빠진 모습으로 그 모습을 지켜볼 수밖에 없었다.

열세 명의 실혼인이 순식간에 피안개로 화하는 모습은 눈으로 직접 보고도 믿을 수 없는 일이었기 때문이다.

그들은 자신들이 결코 건드려선 안 되는 존재를 건드렸음을 깨달았다.

하지만 후회해도 이미 늦은 상황이었다.

진운룡의 두 눈에 광기가 어렸다.

그리고 소용돌이치던 피안개가 길게 나선을 그리며 진운룡에게 흡수되기 시작했다.

슈아아아아악!

온통 핏빛으로 물든 소용돌이 속에서 두 개의 혈광만이 번득거렸다.

피 안개가 모두 진운룡에게 흡수되기까지는 그야말로 눈 깜짝할 정도의 시간밖에 걸리지 않았다.

홍혜란과 남궁린은 이미 싸울 의지마저 상실한 상태였다.

멀리서 지켜보던 홍무생과 당요도 눈앞에 펼쳐진 광

경에 몸을 떨었다.

"마치⋯⋯. 피, 피에 굶주린 한 마리 혈룡 같구
나⋯⋯."

잠시 동안 눈을 감은 채 피의 잔향을 음미하던 진운
룡이 천천히 눈을 떴다.

"이제 너희들 차례구나⋯⋯."

다음 순간 진운룡이 조문을 향해 몸을 날렸다.

그 속도가 너무도 빨라 조문이 진운룡의 움직임을 눈
치챘을 때는 이미 그의 지척에 도달한 뒤였다.

"이익!"

조문이 이를 악물며 급히 붉은 뇌전을 쏘아 냈다.

쩌저적!

하지만 붉은 뇌전은 진운룡의 몸에 닿지도 못한 채
마치 벽에라도 막힌 듯 허무하게 튕겨 나갔다.

콰악!

동시에 진운룡의 오른손이 조문의 목줄기를 움켜쥐었
다.

"커헉!"

피할 틈도 없이 조문은 너무도 쉽게 진운룡에게 자신
의 목줄기를 내줬다. 그 순간 조문은 온몸에 힘이 빠져
아무런 반항도 할 수 없었다.

푸욱!

진운룡의 왼손이 조문의 왼쪽 가슴을 뚫고 들어갔다.

마치 두부처럼 아무런 막힘 없이 그대로 틀어박혔다.

"크아악!"

조문이 피를 토해 내며 비명을 질렀다.

"네놈이 저 아이의 심장에 구멍을 뚫었으니, 나도 네놈의 심장을 취해야겠다."

으드득!

다음 순간, 진운룡의 왼손이 심장과 함께 조문의 왼쪽 가슴에서 뽑혀 나왔다.

"커허억!"

동시에 왼쪽 가슴의 구멍으로부터 핏줄기가 진운룡에게 빨려 들어왔다.

슈슈슈슈슈!

몸이 쪼그라듦과 함께 조문의 두 눈에서 서서히 초점이 사라졌다.

진운룡의 손에 들린 조문의 심장 역시 차츰 말라 가더니 결국에는 먼지처럼 부서져 버렸다.

푸스스!

곧이어 진운룡의 시선이 남궁린에게로 향했다.

"나, 나는 그, 그녀를 주, 죽일 생각이 없었소!"

남궁린이 주춤거리며 뒤로 물러섰다.

하지만 진운룡에게는 전혀 통하지 않는 변명이었다.

"허억!"

어느새 진운룡은 남궁린 코앞에 얼굴을 들이밀고 있었다.

퍼억!

남궁린의 왼쪽 가슴에도 구멍이 뚫렸다.

스스스스스!

"끄으으으……."

진운룡은 그대로 남궁린의 피도 흡수했다.

"후후, 악마와 손을 잡았으니, 악마에게 죽는 것 또한 억울하지는 않을 것이다."

퍼석!

남궁린의 심장이 타다 남은 숯처럼 부서졌고, 목내이로 변한 육신은 그대로 바닥으로 무너져 내렸다.

"이제 네년만 남았구나……."

진운룡의 시선이 홍혜란에게 향했다.

그녀야말로 이 모든 일의 원흉이었다.

"네년은 이들처럼 편히 죽지 못할 것이다."

진운룡이 천천히 홍혜란을 향해 걸어갔다.

홍혜란은 혼백이 얼어붙는 것만 같았다. 이제 그녀를

도울 사람은 아무도 없었다.

남궁린과 조문은 죽었고, 할아버지 홍무생도 이미 그녀의 정체를 알아 버렸다.

모든 것을 포기하고 공포가 그녀의 의식을 잠식할 때쯤 이 상황을 벗어날 수 있는 한 가지 방법이 그녀의 머릿속에 떠올랐다.

"자, 잠깐!"

홍혜란이 급히 소리쳤다.

하지만 진운룡은 걸음을 멈추지 않았다.

"자, 잠깐! 그녀를 살릴 방법이 있어요!"

진운룡의 양쪽 입꼬리가 위로 말려 올라갔다.

죽은 사람을 살리다니 믿을 수 없는 이야기였다.

홍혜란이 목숨을 구걸하기 위해 마지막 발악을 한다 여겼다. 진운룡의 오른손이 홍혜란의 목을 향했다.

＊　　　　＊　　　　＊

"사, 사실이에요! 죽은 지 사흘이 지나지 않으면 가능해요! 날 살려 준다면 그 방법을 말해 줄게요."

홍혜란의 필사적인 외침에 진운룡의 움직임이 멈췄다.

진운룡의 핏빛 눈동자가 홍혜란을 꿰뚫을듯 노려봤다.

그 강렬한 시선 앞에 홍혜란은 마치 발가벗겨진 듯한 느낌이었다.

"저 아이를 살릴 수 있다?"

진운룡의 목소리는 의심이 전혀 가시지 않은 상태였다.

"어, 어차피 내 말이 거짓이라면 당신에게 죽을 텐데, 내, 내가 왜 없는 말을 지어내겠어요?"

홍혜란의 표정에는 간절함이 담겨 있었다.

진운룡은 잠시 생각에 잠겼다.

홍혜란의 표정을 보아 결코 거짓을 말하는 것 같지 않았다. 더구나 진운룡에게는 그녀의 말이 사실인지 거짓인지 알아낼 방법이 있었다.

바로 제령안이었다.

문제는 홍혜란 역시 다른 놈들처럼 금제가 걸려 있을 경우 원하는 것을 알아내지 못하고 죽게 될 수도 있었다.

자칫 소은설을 살릴 수 있는 방법을 날려 버릴 수 있는 것이다. 안전한 방법은 역시 거래를 받아들이는 것이었다.

그녀를 살려 주는 것은 마음에 들지 않았으나, 그것

으로 소은설이 다시 살아날 수 있다면 충분히 그럴 가치가 있었다.

만일 홍혜란이 살기 위해 농간을 부린 것이라면 그때 죽여도 됐다.

고민을 끝낸 진운룡이 천천히 입을 열었다.

"좋아. 만일 네 말이 사실이라면 너를 살려 주마. 하지만!"

타오르는 듯한 붉은 눈동자가 홍혜란을 응시했다.

"거짓이라면 그땐 일찍 죽지 못한 것을 후회하게 해 주지."

서늘한 진운룡의 목소리에 홍혜란은 온몸을 가늘게 떨었다.

"아, 알았어요……."

"저 아이를 살릴 방법은?"

"그녀를 사흘 안에 주, 주인께 데려가면 살릴 수 있어요!"

진운룡의 눈썹이 위로 치켜 올라갔다.

"주인이란 자에게 데려가야 한다?"

진우룡의 입가에 비릿한 미소가 일었다.

홍혜란의 말은 곧 소은설을 적의 소굴로 데리고 가야 한다는 이야기였다.

"주인이라면 너희에게 혈신대법을 전해 준 자를 말하나?"

"그, 그래요! 진정한 피의 주인이신 그분께서는 자신의 피로 죽은 자를 살릴 수 있어요. 죽은 자라 해도 그분의 피를 마시면 다시 되살아나게 돼요!"

사실이라기엔 너무도 바보 같은 이야기였다.

늦은 밤 할아버지 할머니가 아이들에게 들려주는 귀신 이야기에나 나올 법한 터무니없는 이야기다.

하지만 어찌 보면 진운룡 본인이야말로 가장 믿기 힘든 존재 중 하나.

사람의 피를 마셔야 살 수 있고, 사람의 피를 마시는 한 불사의 존재라니…….

불멸이야말로 부활만큼이나 믿기 어려운 이야기가 아닌가.

게다가 홍혜란이 말하는 주인이 불사신을 만들어 내는 혈신대법을 퍼뜨린 장본인이라면 죽은 사람을 살린다고 해도 믿지 못할 것이 없었다.

또한 홍혜란이 거짓말을 하려 했다면 이보다는 좀 더 그럴듯하게 꾸밀 수 있었을 것이다.

"좋아, 널 믿어 보기로 하지. 네 주인에게로 안내해라."

진운룡이 소은설의 시신을 품에 안은 채 말했다.

그녀의 시신에는 아직 온기가 남아 있었다.

"자, 잠깐! 당신을 데리고 갈 수는 없어요. 주인께는 나와 그녀만 가야 해요!"

홍혜란이 급히 말했다.

자신들의 본거지로 진운룡을 데리고 갈 수는 없었다.

그렇게 되면 홍혜란은 외부인에게 조직의 비밀 거점을 알린 배신자가 된다. 주인에게 살아남지 못할 것이다.

진운룡이 어이없는 얼굴로 그녀를 바라봤다.

무얼 믿고 소은설을 혼자 적의 소굴로 보낸단 말인가.

"주군, 저 계집의 말은 믿을 수 없소. 이곳을 빠져나가려고 잔머리를 굴리는 것이 분명하오. 소은설 소저가 죽은 것도 결국 저년의 음모 때문이 아니오?"

적산이 코웃음을 치며 말했다.

"당신을 데려가면 어차피 나는 죽은 목숨이에요! 그렇다면 내가 그녀를 굳이 살릴 이유가 없잖아요!"

홍혜란이 이렇게까지 하는 것은 결국 살기 위해서였다.

진운룡의 손에 죽거나, 주인의 손에 죽거나 어차피 죽을 목숨이라면 굳이 소은설을 살릴 이유가 없는 것이다.

"소은설을 살릴 것인지 아니면 그냥 날 죽이고 그녀 역시 죽게 놔둘 것인지 둘 중에 택일하세요!"

홍혜란으로서는 더는 물러설 수 없는 상황이었다.

"흥! 네 주인이란 개잡놈의 피가 사람을 살린다고? 그렇다면 내 피는 사람을 신으로 만들 수 있겠다!"

"감히!"

적산의 비아냥에 홍혜란이 일그러진 얼굴로 이를 갈았다.

"가만…… 내 피를 준다?!"

순간, 진운룡이 무언가 떠오른 듯 눈을 번득였다.

그것은 조금은 엉뚱한, 아니, 하나의 너무도 막연한 기대 같은 것이었다.

그저 적산의 말에 갑자기 떠오른 그런 뜬금없는 어찌 보면 너무 억지스러운 생각이었다.

'홍혜란의 주인이라는 자의 피가 이 아이를 살릴 수 있다면, 혹시 내 피도?'

어떠한 근거나 뚜렷한 이유도 없었다.

소은설을 살릴 수 있는 방법이 있다면 지푸라기라도

잡고 싶은 심정이 그렇게 표현된 것이리라.

진운룡 스스로도 이 생각이 얼마나 엉뚱한지 잘 알고
있었다. 하지만 지금으로서는 깊이 생각할 여유가 없었
다.

진운룡은 즉시 소은설을 바닥에 누였다.

그리고 자신의 손목에 스스로 상처를 냈다.

상처로부터 선홍빛 핏물이 흘러내려 소은설의 입술로
떨어졌다.

그제야 진운룡이 무엇을 하려는지 알아차린 홍혜란이
조소를 지었다.

"아무 피나 되는 게 아니에요. 오로지 우리 주인의
피만 그녀를 살릴 수 있어요. 게다가 그렇게 막무가내
로 피를 먹이기만 하면 되는 게 아니라 주인께서 대법
을 시행해야 해요."

그녀는 주인이 죽은 자를 살리는 것을 직접 본 적이
있었다. 그것에는 혈신대법에 맞먹는 진과 제물이 필요
했다.

한데, 진운룡은 아무것도 모르고 자신의 피를 소은설
의 입속에 연신 떨구고 있으니 실소가 나오지 않을 수
없었다.

무려 반 시진 정도를 피를 먹였으나 소은설은 아무런

반응도 보이지 않았다.

그녀의 피부는 점점 더 죽어 갔고, 육신은 식어 갔다.

하지만 진운룡은 피를 주는 것을 멈추지 않았다.

*　　　　*　　　　*

소은설은 천천히 눈을 떴다.

시야가 흐릿했다.

"여…… 여기는……. 나는 분명히……."

그녀는 분명 심장이 검에 뚫려 쓰러졌다.

한데, 그 어떠한 고통도 느껴지지 않았다.

"여령……! 대체 왜!"

갑자기 들려온 목소리에 자꾸만 감겨지려는 눈꺼풀을 애써 들어 올렸다.

누군가 자신을 품에 안고 다급히 외치고 있다.

'당신은?'

그녀의 눈에 들어온 얼굴은 진운룡의 것이었다.

"여령!"

진운룡이 자신을 다른 이름으로 부르고 있었다.

"미안해요……."

소은설의 의지와는 다른 말이 입에서 흘러나왔다.

'이건 대체……….'

소은설은 혼란스러웠다.

마치 꿈이라도 꾸고 있는 듯했다.

자신도 모르게 두 눈에서 눈물이 흘러내렸다.

가슴 한 구석이 떨어져 나간 것처럼 허전하고 아팠다.

"운랑…… 당신이 살인자가 되는 건 싫어요……. 제발…… 저를 위해 약속해 줘요. 절대 이곳을 떠나지 않겠다고…….."

또다시 그녀의 의지와는 다른 말이 흘러나왔다.

하지만, 어쩐지 그 간절함이 그녀의 가슴 깊은 곳을 흔들어 놓고 있었다.

진운룡의 너무도 슬퍼 보이는 눈빛이 그녀의 가슴속을 가득 채웠다.

'제발!'

그녀는 자신도 모르게 진운룡을 향해 외쳤다.

하지만 그 목소리는 입안에서만 맴돌 뿐이었다.

"약속하겠소…….."

진운룡의 목소리에는 처절한 아픔이 서려 있었다.

소은설은 주체할 수 없는 슬픔에 몸을 바르르 떨었다.

"고, 고마워요……."

순간, 소은설의 의식이 알 수 없는 곳으로 빨려 들어 갔다.

"아……!"

그녀는 아득한 현기증에 신음을 터뜨렸다.

암흑의 긴 동굴을 빠른 속도로 통과하던 그녀의 의식 이 멀리 보이는 한 줄기 빛을 향해 쏘아졌다.

번쩍!

의식이 빛줄기와 만나는 순간, 강력한 섬광이 터졌 다.

"운랑………."

       *   *   *

진운룡은 계속해서 소은설의 입으로 자신의 피를 떨 어뜨렸다.

"헛수고예요! 주인께 데려가지 않으면 그녀를 절대 살릴 수 없어요!"

홍혜란이 답답한 마음에 소리쳤다.

이러다 소은설이 깨어나지 못하게 되면 진운룡에게

목숨을 보장받을 수 없었기 때문이다.

"주군! 저년이 주군을 우롱한 것이 분명하오! 저년을 당장 요절내고 저년의 배후 세력까지 쓸어버려 낭자의 복수를 합시다!"

적산이 흥분된 얼굴로 소리쳤다.

"아, 아니에요. 내 말은 사실이에요! 우리 주인은 분명 그녀를 살릴 수 있어요! 단, 주인께서 대법을 함께 시행해야 해요. 게다가 지금 그녀는 피를 제대로 마시지도 못할 텐데 그렇게 떨어뜨려 봐야 무슨 소용이 있나요!"

홍혜란의 말에 진운룡이 동작을 멈췄다.

그러고 보니 이미 죽은 소은설이 피를 삼킬 수 있을 리가 없었다.

그때, 그의 눈에 소은설의 왼쪽 가슴의 상처가 보였다.

심장을 그대로 꿰뚫은 상처였다.

진운룡의 두 눈이 번득였다.

'심장!'

그는 급히 상처로 자신의 피를 흘려 넣었다.

그저 막연한 기대에 불과했지만, 지금으로서는 그 기대가 전부였다.

진운룡의 붉은 피가 소은설의 상처로 한 방울 떨어져 내렸다.

똑!

그 핏방울이 상처 속으로 파고들어 구멍 뚫린 심장에 닿았다. 순간 놀라운 일이 벌어졌다.

심장에 있던 소은설의 피와 진운룡의 피가 만나며 은은한 빛이 뿜어져 나오기 시작하는 게 아닌가. 두 피가 섞이며 마치 용암처럼 붉게 빛났다.

더욱 놀라운 것은 곧이어 심장에 뚫린 상처에서 새살이 돋아나기 시작한 것이다.

뚫린 구멍은 점차 새로운 살로 매워졌고, 쪼그라들었던 심장 역시 점점 더 제 모습을 되찾았다.

그리고…….

두근!

"시, 심장이!"

적산이 동그란 눈으로 놀라 소리쳤다.

소은설의 왼쪽 가슴이 들썩인 것이다.

진운룡의 표정도 변했다.

그는 아직 믿지 못하는 얼굴로 상처를 향해 피를 더 흘려 보냈다.

하지만 다음 순간 진운룡의 동작이 멈췄다.

두근!

분명 심장이 뛰는 소리였다.

"소은설!"

진운룡은 즉시 그녀의 가슴에 귀를 갖다 댔다.

두근!

분명 느리지만 심장이 움직이고 있었다.

"주군, 소 낭자가!"

적산의 상기된 얼굴로 어쩔 줄을 몰라 했다.

자신의 눈으로 직접 봤지만 도무지 믿어지지 않았기 때문이다.

진운룡은 얼른 다시 자신의 피를 상처로 흘려보냈다.

효과가 있는 것을 확인한 이상 망설일 이유가 없었다.

그와 동시에 점점 심장 박동이 힘차고 빠르게 되살아나기 시작했다.

"저, 저럴 수가!"

홍혜란이 믿을 수 없다는 표정으로 소은설과 진운룡을 바라봤다.

'어째서…… 저자의 피가…….'

주인이 아닌 다른 이가 어떻게 죽은 자를 살릴 수 있단 말인가. 게다가 대법도 없이 진운룡은 자신의 피로

만 소은설을 살려 냈다.

홍혜란으로서는 결코 인정할 수 없는 일이 벌어진 것이다.

"으…… 으음……."

그때, 소은설의 입술 사이로 신음이 흘러나왔다.

놀랍게도 진정 소은설이 다시 되살아난 것이다.

홍혜란은 털썩 자리에 주저앉았다.

"어, 어떻게 저런 일이!"

홍무생과 당요의 반응도 홍혜란과 다를 바가 없었다.

"주군, 소 낭자가 살아났소! 하하하하, 역시 주군이 천하제일이요!"

반면 적산은 신이 나서 평소의 그답지 않게 호들갑을 떨었다.

진운룡 역시 놀랍기는 마찬가지였다.

홍혜란의 이야기를 듣고 자신의 피를 소은설에게 주기는 했으나, 실제로 소은설을 살릴 수 있으리라고는 자신도 생각지 못했기 때문이다.

그때였다.

"운랑……."

소은설의 입에서 흘러나온 소리에 진운룡의 표정이 굳었다.

아직 눈을 뜨지 않은 소은설이 진운룡의 이름을 부르고 있었다. 그것도 제갈여령이 그랬던 것처럼!

진운룡의 가슴은 순간 얼음장처럼 차가워졌다가 다시 용암처럼 뜨거워졌다가를 몇 번 반복했다.

오래전 제갈여령을 자신의 품에서 떠나보냈을 때 그녀의 목소리와 너무도 똑같았기 때문이다.

물론, 소은설의 목소리는 애초에 제갈여령과 같았다.

그래서 혈귀곡부터 진운룡의 마음이 흔들린 것이다.

하지만 이것은 그것과는 또 달랐다.

마치 그때 그 상황으로 돌아간 것처럼 너무도 생생하게 진운룡의 감각들이 되살아나고 있었다.

그와 함께 진운룡의 악귀 같던 모습도 본래의 얼굴로 돌아왔다.

"여…… 령……."

진운룡은 자신도 모르게 제갈여령의 이름을 불렀다.

동시에 소은설이 천천히 눈을 떴다.

흐릿하던 눈동자에 점점 초점이 잡혀 갔다.

"후아아…… 후욱……!"

폐에 공기가 들어가기 시작했는지 소은설이 숨을 몰아쉬기 시작했다.

"저, 정말 살아났어."

넋이 나간 얼굴로 홍혜란이 말했다.

"소은설!"

진운룡이 조심스럽게 소은설을 일으켰다.

"다, 당신이⋯⋯?"

소은설은 어찌 된 영문인지 모르겠다는 얼굴로 진운
룡을 멍하니 바라봤다.

"아⋯⋯!"

그제야 생각이 난 듯 소은설이 급히 주변을 두리번거
렸다.

남궁린과 조문의 시체, 그리고 한쪽에서 멍하니 주저
앉아 있는 홍혜란의 모습이 보였다.

"나는 분명⋯⋯⋯."

기억이 하나둘씩 돌아왔다.

홍혜란에게 납치되었던 일, 홍혜란과 남궁린이 진운
룡에게 정신이 팔린 틈을 타 달아난 일, 그러다가 갑자
기 날아온 검에 왼쪽 가슴이 관통 당한 일까지⋯⋯.

'어떻게⋯⋯.'

소은설은 자신의 왼쪽 가슴에 손을 가져갔다.

어떻게 된 일인지 검에 뚫린 상처는 사라지고 없었
다.

마치 아무런 일도 없었던 것처럼 통증도 상처의 흔적

도 남아 있지 않았다.

"정신이 드느냐?"

진운룡이 걱정스러운 목소리로 물었다.

소은설의 시선이 진운룡에게 향했다.

순간, 방금 전 기억이 떠올랐다.

너무도 생생했던 그 꿈.

마치 언젠가 그녀가 그런 상황을 겪어 본 듯 어쩐지 낯설지 않은 장면들…….

동시에 그녀의 가슴속에서 아련한 슬픔이 밀려왔다.

진운룡의 얼굴을 본 순간 가슴을 먹먹하게 만드는 무언가가 느껴졌던 것이다.

"어디가 안 좋은 건가?"

소은설의 안색이 좋지 않자 진운룡이 다시 한 번 걱정스러운 얼굴로 물었다.

"어…… 어떻게 된 거죠?"

힘없는 목소리로 소은설이 물었다.

"이봐, 소 낭자! 너 지금 죽었다 살아났다고!"

적산이 잔뜩 상기된 얼굴로 목소리를 높였다.

"주, 죽어?"

소은설이 깜짝 놀라 눈을 동그랗게 떴다.

그렇다면 심장이 꿰뚫린 자신의 기억이 사실이었다는

이야기다.

한데 다시 살아나다니, 대체 무슨 일이 벌어진 것인가.

"주군께서 널 살리셨어, 자신의 피로. 주군은 인간이 아닌 것이 분명해! 신! 그래, 분명 신이 지상으로 강림한 거야!"

그제야 소은설의 눈에 진운룡의 오른손이 들어왔다.

진운룡의 오른손 손목에는 피가 흥건했다.

"피…… 피를? 다, 당신이?"

진운룡은 아무런 대답도 하지 않았다.

하지만 그의 모습에서 적산의 말이 사실임을 알 수 있었다.

놀라운 일이었다.

진운룡의 능력이 인간을 초월하고 괴이한 존재라는 사실을 알고 있었으나, 자신의 피로 죽은 사람을 살리다니 도저히 믿을 수 없는 이야기였다.

그러나 심장이 뚫리고도 이렇게 살아 있는 자신이 바로 그 증거가 아닌가.

"마, 말도 안 돼……. 저, 정말로 그녀를 살리다니……."

한편, 홍혜란은 거의 공황상태에 빠져 있었다.

주인에 대한 그녀의 절대적 믿음이 부서져 버렸기 때문이다.

오로지 주인만이 펼칠 수 있다 여긴 권능을 진운룡이 너무도 쉽게 시전 한 것이다.

더군다나 대법도 없이 그저 피만으로 소은설을 살려 내다니…… . 그리고 진운룡에게 이야기하지 않은 한 가지 사실이 있는데, 피를 통해 살아난 자는 생강시와 같이 이지가 있으되 주인의 말에 무조건 복종하는 존재가 된다.

하지만 소은설에게서는 그러한 징후도 보이지 않았다.

진운룡의 시선이 홍혜란에게 향했다.

"야, 약속대로 나를 살려 줄 거죠?"

홍혜란이 주춤거리며 뒤로 물러섰다.

진운룡의 두 눈에 살기가 담겨 있었기 때문이다.

"글세, 네가 방법을 이야기 해 준 것은 맞지만, 그 방법대로 하지 않았으니 약속이 반만 성립하는 셈이군. 그렇다면 나도 약속을 반만 지키도록 하지."

순간, 진운룡의 신형이 사라졌다가 홍혜란 바로 앞에 나타났다.

"허억!"

놀란 홍혜란이 급히 뒤로 달아나려 했지만, 진운룡의 손이 그녀의 목 붙잡는 것이 훨씬 빨랐다

"아악!"

진운룡이 거칠게 홍혜란의 목을 잡아챘다.

"이제 걸릴 것이 없으니 너에게 궁금한 것을 알아내도록 하지."

진운룡의 두 눈동자가 노랗게 빛났다.

제령안을 사용하려는 것이다.

아까는 혹시라도 금제가 걸려 있을 경우 소은설을 살릴 방법을 알아내기 전에 홍혜란의 머리가 터져 버릴까하여 사용하지 못하였으나, 이제 소은설이 살아난 이상 더는 걸릴 것이 없었다.

우우우우웅!

"끄으으윽!"

제령안이 홍혜란의 뇌를 파고들었다.

홍혜란은 고통을 이기지 못하고 눈을 뒤집으며 경련을 일으켰다.

진운룡의 입가에 회심의 미소가 걸렸다.

다행이라 할 수 있게 홍혜란에게는 금제가 걸려 있지 않았던 것이다.

"하남…… 천사교……."

그녀의 머릿속에 있는 의식 조각들이 하나둘씩 진운룡의 뇌리로 옮겨졌다.

"끄으으……."

홍혜란의 입에서 피거품이 흘러나왔다.

거의 반 각에 걸쳐 제령안을 펼친 진운룡은 홍혜란을 바닥에 내팽개치고는 싸늘한 미소를 지었다.

"제법 알고 있는 것이 많군."

홍혜란은 이미 이지를 상실한 상태였다.

제령안이 그녀의 정신을 파괴해 백치가 되어 버린 것이다.

"혜, 혜란아……."

홍무생이 안타까운 얼굴로 홍혜란을 바라봤다.

용서받지 못할 죄를 지었다 해도 그에게는 친혈육이었다.

손녀의 처참한 모습에 가슴이 아플 수밖에 없었다.

진운룡은 홍혜란에게서 얻은 정보들을 천천히 정리했다.

제령안을 통해 얻은 정보들은 완전한 내용이 아닌 단편적인 조각들이었다. 조각들을 취합하고 연계해서 원하는 정보를 유추해 내야 했다.

'일단 개봉에 이자들의 주요 거점이 있는 것이 분명하고, 천사교가 연관이 있다는 것도 확실하군.'

놀랍게도 홍혜란이 주인이라고 칭하던 자는 천사교의 교주였다.

확실한 얼굴을 확인할 수는 없었으나, 홍혜란의 기억 속에서 천사교 교주가 개봉에 있다는 사실을 알아냈다.

거처를 수시로 옮기기 때문에 현재의 정확한 위치는 알 수 없었으나 개봉 내에 있다는 것만은 확실했다.

그가 홍혜란과 그 패거리들에게 혈신대법을 펼친 장본인이었다.

그자라면 혈신대법에 대해 많은 것을 알고 있을 것이 분명했다.

"주군, 소 낭자의 아버지는 어찌하오?"

그때 적산이 난감한 얼굴로 진운룡에게 물었다.

진운룡의 시선이 소진태에게로 향했다.

소진태는 두려운 얼굴로 진운룡의 눈치를 살폈다.

홍혜란의 기억 속에도 소진태의 상태를 돌릴 방법은 없었다. 그들이 한 세뇌는 영구적인 것이었다. 이제는 본래의 소진태로 돌아갈 수 없었다.

"아버지……."

소은설이 슬픈 얼굴로 소진태의 손을 잡았다.

"너, 너는 어찌 저런 무시무시한 악적과 한패가 된 것이냐!"

소진태는 소은설의 손을 뿌리치며 뒤로 물러섰다.

진운룡은 착잡한 얼굴로 두 사람을 지켜봤다.

"그는 이제 네가 알던 아버지가 아니다."

진운룡의 냉정한 말에 소은설이 고개를 저었다.

"아직 이렇게 살아 있는데 무슨 소리예요! 저는 아버지를 결코 포기하지 않을 거예요!"

"그렇다고 우리와 함께 움직일 수도 없다."

앞으로 천사교 교주와 그 세력을 상대하려면 지금보다 훨씬 위험하고 조심해야 되는 상황이 올 것이다. 그런 상태에서 혹덩이를 달고 다닐 수는 없었다.

"그럼 죽이기라도 하겠다는 말인가요?"

진운룡이 눈살을 찌푸렸다.

아무리 세뇌가 된 상태지만 소은설의 아버지를 죽일 수는 없는 노릇이었다.

한마디로 처리가 난감한 상황이었다.

그때 진운룡의 시선에 망연자실한 얼굴로 홍혜란을 바라보고 있는 홍무생의 모습이 들어왔다.

"이봐, 거지 영감."

진운룡의 부름에 홍무생이 힘없이 고개를 돌렸다.

"그대가 개방이나, 무림맹에 말해서 저 아이의 아비를 당분간 보호해 줬으면 좋겠군."

진운룡의 말투는 어느새 평대로 변해 있었다.

더 이상 자신의 정체를 감추거나 다른 이들과의 충돌을 애써 피할 필요가 없어졌기 때문이다.

이미 십이천 둘에게 회복 불능의 상처를 안긴 그였다.

무림맹이나 이들이 소속된 문파들과 좋은 관계를 맺기엔 틀린 것이다.

어차피 이렇게 된 거 진운룡은 이제 이것저것 신경쓰지 않고 자신의 맘이 가는대로 움직이기로 했다.

"그대 손녀가 저지른 일이니, 혈육인 그대가 수습을 해야 하는 것이 도리 아닌가?"

홍무생이 무겁게 고개를 끄덕였다.

"혜란이가 저리 된 것은 아이를 제대로 키우지 못한 내 잘못도 있으니, 그 아이가 저지른 일에 대한 책임을 나도 어느 정도 져야 하겠지……. 일단은 황보세가로 돌아가서 오늘 일을 정리한 후 그를 어떻게 보호할 것인지 생각해 보기로 하겠네."

"어떠냐, 이렇게 하면 너도 조금은 안심할 수 있겠지?"

소은설이 힘없이 고개를 끄덕였다.

일단 아버지가 안전하다는 사실은 안심이 되었으나, 본래대로 되돌릴 수 있다는 기약이 없었기에 답답하고 가슴이 아팠다.

백치가 된 홍혜란과 소진태를 데리고 일행은 황보세가로 향했다.

*　　　　*　　　　*

진운룡은 홍무생과 당요에게 자신이 소은설을 살린 일에 대해 함구하도록 했다.

아무래도 그 사실이 세상에 알려지게 되면 여러 가지로 귀찮은 일이 벌어질 것이 분명했기 때문이다.

일행이 황보세가에 도착하자 세가는 그야말로 발칵 뒤집혔다.

모용주란과 당요의 손녀 당소혜가 돌아와 진운룡이 제갈무진을 죽였고, 홍무생, 당요와 대치하고 있다는 소리를 들었을 때에도 도무지 믿어지지 않았던 터였다.

한데 진운룡이 당요와 홍무생과 함께 돌아온 뒤로 밝혀진 사실은 그야말로 충격적인 것이었다.

홍혜란과 남궁린이 암중 세력의 앞잡이였다는 사실도

경악스러웠지만, 그보다 더 놀라운 일은 진운룡이 십이천 둘을 제압하고 회복 불능의 상태로 만들었다는 것이었다.

당요는 단전이 파괴되어 더는 본래의 실력을 되찾을 길이 없었고, 홍무생 역시 오른팔이 잘려 나가 특유의 강맹한 장법을 다시 펼칠 수 있을 것인지 불분명했다.

어찌 보면 황보세가만이 아니라 전 무림이 발칵 뒤집힐 일이었다.

게다가 남궁린의 죽음 역시 만만치 않은 파장을 불러올 것이 분명했다.

그는 현 무림맹주의 손자이자 남궁세가의 후계자였다.

그 이유야 어찌 되었든 그 죽음이 가지고 있는 무게가 결코 가볍지 않았다.

한편, 진운룡은 곧장 자신의 숙소에 틀어박혔다.

끓어오른 마기를 다스릴 필요가 있었기 때문이다.

물론 소은설의 피를 흡수하면 해결될 일이지만, 방금 죽었다 살아난 이에게 피를 달라 할 수는 없었다.

진운룡이 돌아온 후에 모용주란은 도망치듯 황보세가를 떠나 자신의 집으로 돌아갔다.

홍혜란과 남궁린이 모두 죽었다는 사실에 언제 자신의 차례가 될지 두려웠기 때문이다.

홍무생과 당요는 사흘 뒤 몸을 채 추스르지도 않은 채 황보세가를 빠져나갔다.

아무래도 황보세가에서는 진운룡과 마주쳐야 했기 때문이다.

게다가 이번 사건으로 인해 십이천이라는 명성조차 땅에 떨어져 버린 상태였다.

사건에 대해 상세히 알고 있는 황보세가에 남아 있는 것은 그들에게도 부담이 되는 일이었다.

제남에서 벌어진 이 경천동지할 사건에 대한 소식은 금방 세상으로 퍼져 나갔다.

혈룡이 등장했다!

무려 두 명의 십이천을 동시에 상대해 제압했다는 사실은 강호인들에게 그야말로 충격이었다.

게다가 이제 갓 스무 살 정도의 조각 같은 외모를 가진 젊은 고수의 등장은 잠잠했던 무림을 흔들어 놓기에 충분했다.

물론, 암암리에 구대문파나 세가의 수뇌부들은 진운룡의 존재를 알고 있었으나, 일반 무인들에게는 그동안 거의 알려지지 않았던 터였다.

어떤 이들은 신성의 등장에 환호했고, 또 다른 이들은 진운룡의 강력한 능력을 경계하고 시기했다.

어쨌든 얼마 지나지 않아 진운룡은 강호에서 가장 뜨거운 인물 중 하나가 되었다.

4장
개봉으로

소은설은 혼란스러운 마음을 주체할 수 없었다.

죽음…… 그리고 부활.

인간에게 있을 수 없는 일이 벌어졌다.

하지만 그보다 더 그녀의 마음을 혼란스럽게 하고 있는 것은 바로 자신의 감정이었다.

심장이 뚫려 죽음에 이르렀을 때 겪었던, 마치 현실 같던 괴이한 환영이 그녀의 머릿속을 온통 휘저어 놓고 있었다.

그 이후로 계속 그 상황이 머릿속에서 떠나지 않을뿐더러 심지어는 잠을 잘 때도 기억이 꿈에 나타날 지경이었다.

그보다 심한 문제는 그날 이후로 진운룡을 볼 때마다 심장이 두근거리고 가슴 한구석이 참을 수 없을 정도로 쓰리다는 것이다.

'내가 미쳐 가는 건가?'

소은설은 자신이 머리가 어떻게 된 것은 아닌지 두려웠다.

진운룡을 마주치는 것이 부담스러워 한동안 방에서 두문불출할 수밖에 없었다.

'대체 그 꿈은 무얼까?'

꿈 속에서 진운룡은 자신을 여령이라고 불렀다.

분명 자신의 이름이 아니었는데도 어쩐지 낯설지가 않았다.

'그 장소는 분명 혈귀곡이었어……'

모옥과 소나무 숲,

그녀가 혈귀곡에서 봤던 풍경과 거의 비슷했다.

단 하나 다른 점이 있었다면, 한쪽에 있던 무덤이 존재하지 않았다는 것이다.

'대체 왜 그런 꿈을 꾼 것일까……'

그때 소은설은 분명 심장이 꿰뚫려 죽은 상태였다.

한데 혼백이 저승으로 올라가지 않고 그런 꿈을 꾼 이유가 무엇인지 이해가 되지 않았다.

자신이 누군가의 몸에 들어간 듯한—아니, 그 누군가 역시 분명 자신이었다—그 경험이 그녀를 계속 혼란스럽게 했다.

'무언가 의미가 있는 것일까…….'

어쨌든 그 꿈은 지금 소은설의 삶을 송두리째 흔들어 놓고 있었다.

답답한 마음에 소은설은 창문을 열고 밖을 내다봤다.

이미 밖은 삼경이 넘어 캄캄한 밤이었다.

시원한 밤공기가 그녀의 콧속을 상쾌하게 했다.

하지만 머릿속을 어지럽히는 시름은 쉽게 사라지지 않고 점점 깊어만 갔다.

*　　　　*　　　　*

"그 아이는 어떻게 죽었나?"

남궁진천이 차갑게 굳은 얼굴로 물었다.

홍무생은 차마 아무 대답도 할 수 없었다.

"그자가 감히 그 아이를……."

남궁진천의 두 볼이 분노에 꿈틀거렸다.

남궁린이 누구던가.

남궁세가의 후계자이자 모든 후기지수들의 우상이며,

정도 무림의 기둥이 될 아이였다. 한데 그런 아이가 너무도 허무하게 죽어 버린 것이다.

"린이 그 아이의 잘못이네. 흡혈을 하는 놈들과 한패였어. 게다가 제갈가의 자재를 죽이고 여인을 납치하기까지 했네. 자네나 내가 아이들을 제대로 가르치지 못한 탓이야······. 진운룡 그자를 탓할 수는 없는 상황이네."

씁쓸한 얼굴로 홍무생이 말했다.

남궁진천의 눈썹이 위로 하늘로 올라갔다.

"그 아이가 어떤 잘못을 했든, 진운룡 그자가 세가의 후계자를 죽인 것은 그냥 넘어갈 수 없는 일이야! 이유야 어쨌든 이번 일은 분명 남궁세가, 그리고 나, 남궁진천을 향한 도전이야!"

홍무생이 착잡한 얼굴로 남궁진천을 바라봤다.

오랜 시간 친우로 지내 왔기에 그의 성격을 너무도 잘 알고 있었다. 그는 자신의 영역이 침범당하는 것을 결코 좌시하지 않는 이였다.

"놈이 사대금지 중 하나인 혈귀곡에서 나왔다고 했지? 게다가 놈 역시 피를 흡수한다고 하지 않았나?"

남궁진천의 눈동자가 번뜩였다.

"그렇다면 진운룡 그놈 역시 위험한 인물임에 틀림없

지 않은가?"

홍무생은 남궁진천이 무슨 생각을 하고 있는지 짐작할 수 있었다. 진운룡을 징치할 명분을 얻으려는 것이다.

"하지만……."

홍무생이 눈살을 찌푸렸다.

이번 참사는 자신이 손녀인 홍혜란의 말만 믿고 진실을 제대로 확인하지 않은 탓도 컸다.

무림에서 정보를 다루는 최고의 단체인 개방, 그 가장 꼭대기에 위치한 그답지 않게 미심쩍어 보이는 요소들이 있음에도 무시해 버렸다.

사실상 진운룡은 음모의 피해자였고, 남궁린과 홍혜란은 홍무생과 당요를 이용해 진운룡을 제거하려 했던 가해자였다.

게다가 진운룡의 무시무시한 능력을 직접 겪은 그다.

그를 적으로 두는 것이 얼마나 위험한 일인지 너무도 잘 알고 있었다. 만일 이 일로 인해 무림맹과 진운룡 사이에 문제가 생긴다면 그것은 강호에 거대한 폭풍을 불러 올 것이다.

"나는 자네처럼 도덕군자가 아니네……. 받은 것이 있으면 무슨 수를 쓰든 반드시 갚아야 하는 사람일세.

그게 내가 이 자리에 있게 만들었고, 세가가 지금의 성세를 누리게 된 방식일세.”

남궁진천의 표정에는 이미 결심이 서 있었다.

이제 와 홍무생이 무슨 말을 해도 그의 결심을 돌이킬 수는 없었다.

'강호에 풍운이 일겠구나……'

홍무생이 할 수 있는 일은 그저 그 여파가 최소한으로 가라앉기를 기원하는 것 밖에 없었다.

*   *   *

하남성의 성도 개봉(開封).

낙양, 서안과 함께 삼대 고도(古都)로 꼽히는 유서 깊고 번화한 도시다.

또한 물자 유통의 중심지로 상업이 발달하여 중원 각지에서 온 상인들은 물론, 서역인들도 어렵지 않게 볼 수 있는 곳이었다.

무림에서 개봉은 또 다른 의미로 유명했는데, 바로 이곳이 무림 최대의 문파이자 강호의 모든 정보를 총괄하는 개방의 총단이 위치한 곳이기 때문이다.

사람들로 발 디딜 틈이 없는 개봉 시내 한복판을 젊은 남녀 네 명이 바삐 걷고 있었다. 그들은 주변 사람들의 시선을 한 몸에 받고 있었는데, 일행의 면모가 무척 특이했기 때문이다.

가장 앞에서 일행을 이끌고 있는 사내는 외모가 그야말로 조각처럼 아름다웠는데, 마치 전설에 나오는 송옥과 반안이 현실로 튀어나온 듯했다.

게다가 또 다른 사내는 머리카락이 온통 붉은색에 산발을 했고, 호리호리한 세 번째 사내는 건들거리는 것이 한량처럼 보였다.

유일하게 평범해 보이는 홍일점 여인은 무엇 때문인지 어두운 얼굴을 하고 있었다.

"헤헤, 개봉이라면 바로 제 집이나 마찬가지인 곳입죠. 일단 저 앞에 좌측 골목으로 들어가면 청빈각이라는 개봉 제일의 식당이 있고요. 이리로 쭉 가시다 보면 한일객잔이라는 객잔이 깔끔하고 음식 맛도 괜찮아 며칠 묵기에는 제격입니다. 에…… 또……."

구학이 침을 튀겨 가며 물 만난 고기처럼 신이 나 개봉 시내 곳곳을 설명했다.

그들은 바로 황보세가를 떠난 지 이레 만에 개봉에 도착한 진운룡 일행이었던 것이다.

진운룡 일행은 소은설을 구해 낸 후 황보세가에서 보름을 더 머문 뒤에 개봉으로 출발했다.

소은설이 마음을 추스를 시간을 충분히 주기 위해서였다.

갑작스럽게 납치를 당한데다가 자신의 아버지는 악적들에게 세뇌를 당했다. 게다가 심장이 꿰뚫려 죽었다 살아나기까지 했으니 그 충격이 얼마나 컸겠는가.

때문에 그녀를 배려해서 한동안 황보세가에 머물렀던 것이다.

소은설은 아직 충격이 가시지 않았는지 표정이 많이 가라앉아 있었다.

잠시 소은설을 바라보던 진운룡이 구학에게 말했다.

"일단 하오문 분타부터 들리자."

홍혜란에게 얻은 정보를 토대로 천사교와 그 교주를 찾기 위해서는 하오문의 도움이 필요했다.

"아! 마침 문주께서도 개봉에 계신다는 연락이 왔으니, 잘되었군요! 그럼 따라오시지요!"

구학이 가벼운 발걸음으로 앞장섰다.

"쯧쯧, 발정난 개새끼처럼 방정맞기는……."

구학의 경망스러운 모습에 적산이 못마땅한 듯 혀를 찼다.

하오문 개봉 분타는 시내가 아닌 외곽 쪽에 위치해 있었다.

아무래도 개봉은 개방의 총단이 있는 곳이다 보니 눈치를 볼 수밖에 없었던 것이다.

"하하하! 오랜만이오, 진 공자! 이거 우리 인연이 꽤 깊은 모양이외다. 가는 곳마다 얼굴을 마주하게 되는구려."

곽지량이 호쾌한 웃음을 터뜨리며 일행을 맞이했다.

진운룡이 눈살을 살짝 찌푸렸다.

곽지량이 개봉에 있는 것이 그저 우연일 리 없었기 때문이다. 아마도 진운룡이 개봉으로 움직인다는 사실을 알고 미리 와서 기다리고 있었을 것이다.

그 능글맞은 행동과 말이 썩 마음에 들지는 않았지만, 어쨌든 진운룡에게 도움을 주는 이였기에 일단은 개의치 않기로 했다.

"그래, 구학 네놈은 진 공자께 폐를 끼치지는 않았겠지?"

"아이고, 사부님. 무슨 말씀입니까? 제가 그동안 진 공자님의 말씀 하나하나를 놓치지 않고 성심성의껏 모시기 위해 얼마나 애썼는지 아십니까?"

구학이 앓는 소리를 했다.

곽지량이 못마땅한 듯 한차례 혀를 차고는 시선을 소은설에게로 향했다.

"한데 은설이 너는 좀 괜찮으냐?"

곽지량의 표정이 신중해졌다.

소진태에 대한 이야기를 보고받았기 때문이다.

하지만 죽었다 살아났다는 이야기는 진운룡의 엄포로 인해 구학도 입을 다물었기에 그도 모르고 있었다.

"네……. 걱정해 주셔서 감사해요."

소은설이 힘없는 목소리로 대답했다.

사실 그녀가 이토록 어두운 이유는 소진태와, 죽었다 살아난 충격 때문만이 아니었다.

현재 그녀의 머릿속은 무척 혼란스러운 상태였다.

그녀가 되살아나기 전 꾸었던 현실 같던 꿈 때문이었다.

그 꿈을 꾼 이후로 머릿속에서 알 수 없는 감정과 기억들이 불쑥불쑥 수면 위로 떠올랐다.

더욱 당혹스러운 것은 진운룡을 볼 때마다 마음이 크게 흔들린다는 것이다.

그것은 마치 아련한 그리움 같은 감정과 깊이를 알 수 없는 슬픔이 혼재하는 느낌이었다.

게다가 잠이 들면 그때 겪었던 꿈을 다시 반복해서 꿨다.

심지어는 가끔 깨어 있을 때조차 자신이 갑자기 다른 사람이 된 듯한 느낌을 받고는 했다.

그 느낌이 무척 기이해서 그 사람의 감정과 떠오르는 기억들이 전혀 낯설지 않았다.

분명 그녀가 경험했던 일이 아님에도 실제로 일어났던 일처럼 선명하고 익숙했던 것이다.

'내가 미쳐 가고 있는 것은 아닐까?'

소은설은 덜컥 겁이 났다.

죽었다 살아난 것 때문에 자신의 머리가 어떻게 된 것이 아닌가 싶었다.

"혹시 최근 크게 다친 일이라도 있느냐?"

곽지량의 목소리에 소은설이 상념에서 깨어났다.

"무, 무슨?"

갑작스러운 물음에 소은설이 당황했다.

물론 크게 다친 일이 있다.

심장이 검에 뚫려 죽었다 살아났으니까.

하지만 그 사실을 곽지량에게 이야기 할 수는 없었다.

"어째 안색이 조금……."

곽지량이 눈을 가늘게 뜨며 소은설을 미심적은 얼굴로 쳐다봤다. 마치 무언가 꽁꽁 숨겨 둔 비밀을 찾아내기라도 하겠다는 표정이었다.

"아…… . 그, 그게 요즘 잠을 제대로 못 자서 너무 피곤해서 그래요."

소은설은 급히 변명을 했다.

잠시 동안 예리한 눈으로 소은설을 응시하던 곽지량이 씨익 웃으며 고개를 끄덕였다.

"하기야…… 그런 일을 겪었으니 쉽지는 않겠지. 그래도 몸을 함부로 혹사시키지는 말거라. 이럴 때일수록 건강이 제일 중요한 법이야. 몸이 튼튼해야 정신이 쉽게 무너지지 않느니라."

"네, 걱정해 주셔서 고마워요."

한동안 소은설에게 머물던 곽지량의 시선이 다시 진운룡에게로 향했다.

"그래, 오늘은 무엇을 알고 싶소, 진 공자?"

한동안 소은설에게 머물던 곽지량의 시선이 다시 진운룡에게로 향했다.

"이곳 개봉의 천사교에 대한 정보가 필요하오."

"흠, 그렇지 않아도 천사교에 대해서는 진 공자가 전에 부탁한 것이 있어 꾸준히 자료를 모아 왔소. 내가 개봉에 온 요 며칠 동안 특별히 더 신경을 쓰기도 했고, 염 분타주 거기 있나?"

곽지량이 문 바깥쪽을 향해 외치자 오 척 단신의 뚱뚱한 중년인 하나가 방으로 들어왔다.

"부르셨습니까, 문주님."

중년인, 하오문 개봉 분타주 염장이 깊숙이 고개를 숙이며 읍했다.

"내가 미리 말해 두었던 것을 가져오게."

"네, 문주님."

염장이 밖을 향해 무어라 소리치는 듯싶더니, 얼마 지나지 않아 하오문도 하나가 꽤 두터운 책자 하나를 가지고 들어왔다.

"이 책에 그간 조사한 것들이 모두 들어 있소. 양이 워낙 방대하니 일단 내가 조금 정리해 주도록 하겠소."

곽지량이 책을 건네며 말을 이었다.

"일단 가장 중요한 사실은 이곳 개봉에 천사교의 총단이 있다는 것이오."

이 사실은 이미 진운룡도 알고 있었다.

홍혜란의 기억을 흡수하면서 얻은 정보였다.

"정보를 취합해 볼 때, 교주 또한 개봉에 있을 가능성이 높소이다."

진운룡이 개봉으로 오게 된 이유가 바로 이것 때문이었다.

홍혜란에게서 얻은 정보 조각들을 취합한 결과 주인이라는 자가 천사교의 교주이며, 현재 개봉에 있다는 사실을 알아냈다. 하지만 그 정확한 위치라든가 교주가 누구인지에 대한 정보는 얻을 수 없었다.

"어째 별로 놀라지 않는군?"

곽지량이 조금은 의외라는 얼굴로 물었다.

그는 진운룡이 아무런 반응이 없자 고개를 절레절레 흔들고는 다시 말을 이었다.

"교주가 어디에 있는지는 우리도 알아내지 못하였소. 워낙 비밀스럽게 움직이는 터라 일반 교인들조차 교주의 얼굴을 본 이가 많지 않을 정도요. 게다가 한 곳에 머무르지 않고 주기적으로 거처를 옮기기 때문에 찾기가 여간 힘든 게 아니오."

"사부님, 그럼 교주라는 자는 어떻게 교인들과 연락을 한단 말입니까?"

구학이 궁금한 듯 물었다.

"교령들이 교주의 사자 역할을 하지. 교인들과 만나고 교인들을 포섭하는 것은 모두 교령들이 맡아서 해."

"그럼 교령들을 감시하면 교주의 행적을 찾을 수 있

을 것 아닙니까?"

"그게 쉽지 않아. 교령들이 집회를 열어 교인들을 모으는 것은 그들만의 암구호를 통해서인데, 시내 어딘가에 교령이 암구호로 장소와 시간을 새겨 놓으면 그것을 보고 교인들이 집회에 참여하는 거야. 물론, 집회는 공개적으로 열리기도 하니, 집회가 열리는 곳을 알아내는 것은 그다지 어렵지는 않아. 다만 문제는 집회 후에 교령들의 종적이 감쪽같이 사라진다는 것이지. 마치 땅으로 꺼지기라도 한 것처럼 말이야. 이제껏 몇 번을 추적했지만, 단 한 번도 교령들을 미행하는 것을 성공하지 못했어."

정말 귀신이 곡할 노릇이었다.

분명 한눈팔지 않고 집회를 지켜보고 있었는데, 집회가 끝나는 순간 교령이 흔적도 없이 사라져 버리는 것이다.

"교인들이 모두 교령을 둘러싸서 접근하기가 어려운 것도 놈들을 쫓기 힘든 이유 중 하나야. 집회가 끝나고 교인들에게 파묻혀 버리면 놈이 어디로 움직이는지 알 수가 없거든. 그러다가 교인들이 흩어지고 나면 놈은 이미 사라져 종적을 찾을 수 없게 되는 거지."

"참으로 용의주도한 놈들이군요!"

구학의 말에 곽지량이 고개를 끄덕였다.

진운룡은 제남에서의 기억을 떠올렸다.

천미각에서 천사교의 집회를 직접 목격한 적이 있었다.

지금 생각해 보니 그때 빛을 뿜어내던 자가 교령이었음이 분명했다. 집회가 끝났을 때 역시 그자는 흔적도 없이 사라졌었다.

물론, 진운룡이 군이 그자의 종적을 추적하려 애쓰지 않았기에 과연 흔적이 없었던 것인지, 아니면 그저 고도의 은신술을 사용한 것인지는 확신할 수 없었으나, 교령이 사라진 것만은 사실이었다.

"모종의 진법을 쓰는 것일 수도 있겠군."

"물론, 그럴 가능성도 있소. 어쨌든 교령을 통해 교주의 위치를 알아내는 것은 현재까지는 불가능하오. 하지만……."

곽지량이 의미심장한 표정을 지으며 말했다.

"그자들에 대해 알아낸 사실이 하나 있소. 흠……."

잠시 헛기침을 하며 뜸을 들인 곽지량이 말을 이었다.

"이건 정말 어렵게 알아낸 사실인데……."

마치 칭찬이라도 받고 싶은 아이처럼 곽지량이 의기

양양한 표정으로 씨익 웃었다.

"최근 천사교와 교령 중, 개방의 방도가 있다는 정황이 있소."

진운룡의 눈에 이채가 일었다.

'개방이라…….'

그것은 홍혜란의 기억 속에도 없는 정보였다.

하지만 어찌 보면 그럴 만하기도 했다.

홍무생의 손녀인 홍혜란이라면 개방 내에서의 위치도 상당할 것이다.

여인의 한계는 있었겠지만, 그래도 홍무생의 손녀라는 위치와 뛰어난 미모를 생각하면 개방에서 그녀가 가지고 있는 인맥이 적지 않았을 터.

그녀가 그중 몇 명을 포섭했다고 해도 전혀 이상할 게 없는 것이다.

"사람을 추적할 수 없으니, 우리가 사용한 방법은 자금을 추적하는 방법이었소. 그 결과 천사교도들의 자금이 개방으로 흘러 들어가고 있다는 사실을 포착했소이다. 그렇게 큰돈을 거지에게 적선할 리는 없으니 우리는 그 돈이 천사교의 헌금이나 교무금 같은 것이라 짐작하는 것이오. 아마도 그 돈을 모으는 이들은 최소한 교령급 인물이 아니겠소?"

자금을 관리하는 자들을 아무나 시킬 리가 없었다.

최소한 천사교에서 간부급 인물일 것이다.

"그자가 누구요?"

"최종적으로 누구에게 돈이 들어갔는지는 확실하게 확인하지는 못했소. 하지만 마지막으로 확인한 바에 의하면 총단의 법개인 궁위가 상당히 유력하오. 마지막까지 그 자금을 관리한 자가 그자가 아끼는 수하였기 때문이오."

"그 수하가 교령일 가능성도 있지 않소?"

"그럴 가능성은 거의 없다고 봐야 하오. 우리가 지속적으로 감시한 결과 수하 녀석은 그 돈이 천사교의 자금인지조차 모르는 것이 분명하오. 그저 중간에 운송책에 불과한 거지. 게다가 법개 궁위는 얼마 전 천사교 집회 당시 행적이 불분명하오."

진운룡의 눈빛이 깊어졌다.

곽지량의 말대로라면 궁위라는 자가 교령일 가능성이 높았다.

교주가 개봉에 있다면 그자가 교주의 위치를 알고 있을 것이 분명했다.

"일단 그자를 조사해 봐야겠군."

＊　　　　　＊　　　　　＊

　"육 사령이 당했다고?"

　금실로 수놓아진 용포를 걸치고 머리에 화려한 금관을 쓴 중년의 사내가 두 눈에 이채를 띤 채 물었다.

　"진운룡이라는 놈의 짓입니다."

　홍혜란에게 진운룡의 처리를 맡겼던 일 사령이 오체투지를 한 채 중년인에게 대답했다.

　"진운룡이라……."

　중년 사내의 입가에 묘한 미소가 걸렸다.

　"십이천 둘을 혼자서 해치우고 육 사령까지 이겼다? 놀랍군."

　사내가 재미있다는 듯 씨익 웃었다.

　"놈이 어제 이곳 개봉에 도착했습니다. 제 손으로 놈의 목을 칠 수 있도록 허락해 주십시오!"

　일 사령이 분기 가득한 목소리로 말했다.

　"후후후…… 서두를 필요 없다. 지금 우리에겐 훨씬 더 중요한 일이 있지 않더냐? 놈으로 인해 대계(大計)를 위한 마지막 준비가 지장을 받아서는 절대 안 되느니라."

　"하지만……."

일 사령이 못내 아쉬운 듯 말꼬리를 흐렸다.

"그만!"

순간, 사내로부터 쏘아져 나온 서늘한 기운이 사방을 내리눌렀다.

사내의 얼굴에는 어느새 칼날 같은 냉기가 묻어 나고 있었다.

자신의 실책을 깨달은 일 사령이 얼른 바닥에 엎드렸다.

"요, 용서를!"

일 사령은 이마를 바닥에 쿵 소리가 나도록 부딪혔다.

그 모습을 지켜보던 사내의 표정이 다시 부드러워졌다.

"근시일 안에 어차피 놈이 찾아올 터이니 굳이 나설 필요가 없느니라."

"놈이 찾아온다고요?"

일 사령이 상기된 목소리로 물었다.

"그렇다. 내가 놈을 불러들일 것이다. 너희는 그때 마음껏 놈을 가지고 놀도록 해라."

일 사령이 고개를 깊숙이 숙인 채 읍했다.

"존명!"

자신들의 주인은 결코 허튼소리를 하는 사람이 아니었다.

그가 진운룡이 찾아오도록 만든다고 했으니, 반드시 그렇게 될 것이다.

그렇다면 주인의 말대로 놈에게 제대로 된 환영인사를 해 줘야 했다.

감히 자신들의 일을 방해하고 미꾸라지처럼 흙탕물을 일으킨 대가를 톡톡히 치르게 해 줄 것이다.

일 사령의 가면 사이로 혈광이 터져 나왔다.

*   *   *

"황제폐하 황사께서 납시었사옵니다!"

내관의 아룀에 가정제(嘉靖帝)의 안색에 화색이 돌았다.

"오! 그래? 어서 들라 이르라!"

마치 오랫동안 기다렸던 사람을 맞이하듯 황제가 들뜬 목소리로 말했다.

문이 열리고 선풍도골의 도사 하나가 성큼성큼 어전으로 걸어 들어왔다.

도사는 황제 앞임에도 고개조차 숙이지 않았다.

"어서 오게, 황사! 그렇지 않아도 짐이 그대를 목 빠지게 기다리고 있었노라!"

황제의 두 눈동자에는 흥분이 가득했다.

"허허허, 폐하께서 저를 그토록 기다리고 계셨다니 소신은 몸둘바를 모르겠나이다."

도사가 턱수염을 쓸어내리며 호탕하게 웃었다.

"내 그대 때문에 요망한 년들의 음모에서 목숨을 건졌느니라! 그대가 준 환단이 아니었다면 짐은 그년들에게 목이 졸려 죽고 말았으리라! 황사의 환단이야말로 불사에 이르는 천하의 영단(靈丹)임에 틀림없다!"

가정제는 입에 침을 튀기며 도사를 치하했다.

그가 이토록 흥분하는 이유는 얼마 전 궁녀들이 일으킨 모반 때문이었다.

십여 명의 궁녀들이 작당을 하고 가정제가 잠이 든 순간 침소에 몰래 들어가 천으로 그의 목을 졸랐던 것이다.

하지만 놀랍게도 궁녀들이 아무리 목을 졸라도 가정제가 죽지를 않았다.

이렇게 되자 궁녀들은 가정제가 진정 불사의 영약을 먹은 것이 분명하다 여기게 되었다.

겁먹은 그녀들 중 하나가 달아나 황후에게 이 사실을

고하게 되고, 결국 그녀들은 모두 잡혀서 능지처참 되고 말았다.

"요망한 것들!"

아직도 그때의 고통과 두려움이 가시지 않았는지 가정제가 치를 떨었다. 숨이 막히고 목이 떨어져 나갈 것만 같았던 그때, 가정제는 자신이 이제 죽었구나 하고 두려움에 떨고 있었다.

한데, 그렇게 오랫동안 목이 졸려 숨을 쉬지 못했음에도 그는 죽지 않고 살아남았던 것이다.

그는 이 모든 것이 황사 도중문이 연단하여 바친 선단(仙丹) 때문이라 확신했다.

"황사 연단은 어찌 되어 가고 있는가?"

가정제가 기대 어린 얼굴로 물었다.

도중문이 이번에는 불로장생뿐이 아니라 꾸준히 복용하면 신선이 될 수 있는 선단을 만들어 바치기로 했기 때문이다.

"흠…… 실은 그것 때문에 폐하를 뵈러 온 것입니다."

"무슨 문제라도 있는 것인가?"

황제가 조바심 어린 표정으로 물었다.

"폐하 그것이 송구하옵게도 영생단(永生丹)을 만들

재료가 부족하옵니다."

"무슨 재료가 부족하다? 말씀만 하라! 내 당장 구하도록 명을 내리겠다!"

잠시 뜸을 들이던 도중문이 고개를 숙이며 말했다.

"실은……. 영생단에 들어갈 피가 부족하옵니다. 폐하……."

"피라면………. 생리혈을 말하는 것인가? 그것이라면 궁녀들에게 하혈약을 먹이면서까지 모으고 있지 않은가. 그래도 모자르다?"

도중문이 그간 황제에게 바친 선단에는 혼인을 하지 않은 숫처녀의 생리혈, 수은, 갓 태어난 태아의 입에 물린 핏물 등의 기괴한 재료가 들어갔다.

황제는 재료를 얻기 위해 궁녀들에게 하혈약까지 먹여 가며 생리혈을 채취했다.

사실 궁녀들이 황제를 시해하려 한 이유도 거기에 있었다.

피를 너무 많이 흘린 궁녀들이 쇠약해져 하나둘씩 죽어 가자 참다못한 그들이 어차피 죽을 거 폭군 황제랑 동귀어진 하자는 생각으로 거사를 벌인 것이다.

"물론, 생리혈은 충분히 확보하고 있습니다. 하지만……."

도중문이 잠시 숨을 고르고 말을 이었다.

"이번에 만들 영생단은 전의 그것과는 차원이 다른 영약입니다. 해서 재료 역시 조금 더 존귀한 것이 필요하지요. 일반 생리혈로는 영생단을 완성할 수 없습니다."

"일반 생리혈이 아니라면 어떤? 말을 해 보라."

가정제가 답답하다는 듯 물었다.

"영생단을 만들기 위해서는 소녀들의 초경(初經) 생리혈이 필요하옵니다."

가정제가 조금은 놀란 눈으로 도중문을 봤다.

"초경 생리혈?"

"그렇사옵니다, 폐하."

"얼마나 필요한가? 내 당장 명을 내려 소녀들을 차출하라 이르리라!"

"아직 초경을 하지 않은 여아들로 일만 명을 모아 주소서. 그리하면 오십 알의 영생단을 얻을 수 있을 것이옵니다. 한 달에 한 번씩 복용하시면 사 년 후에 폐하께서는 불로불사 하며 만물을 다스리시는 인세의 신선이 되실 것이옵니다."

"신선이라……. 크하하하! 짐이 신선이 된다는 말이지!"

"그렇사옵니다!"

가정제의 두 눈이 번들거리며 빛났다.

"좋다! 내 동창에 명을 내려 당장 오천의 아이들을 모집하라 이르겠다!"

"황은이 망극하옵니다!"

고개를 깊숙이 숙인 도중문의 입가에 묘한 미소가 걸렸다.

*   *   *

열 평 남짓한 객실에 소은설과 진운룡이 마주 보고 앉아 있었다.

"괜찮겠느냐?"

진운룡이 조금은 걱정스러운 표정으로 물었다.

소은설은 어색한 얼굴로 진운룡의 시선을 피했다.

"괜찮아요……."

두 사람이 이렇게 진운룡의 객실에 마주 앉아 있는 것은 소은설의 피를 흡수하기 위해서였다.

피를 흡수한 지 꽤 시간이 지나서 어느새 진운룡의 육신에 석화가 진행되고 있었던 것이다.

사실 진운룡은 좀 더 버티려 했다.

최근 소은설의 상태가 그리 좋아 보이지 않았기 때문이다.

하지만 오히려 소은설이 자청해서 나섰다.

진운룡이 자신을 배려해서 일부러 피를 흡수하지 않은 채 참고 있다는 것을 그녀도 알았던 것이다.

"그래, 그럼 시작하지."

츠읏!

바람이 스쳐 지나는 듯한 느낌과 함께 소은설의 손목에서 핏줄기가 솟구쳐 올랐다.

이제는 익숙해질 만도 하건만, 피를 뽑을 때 드는 야릇한 느낌은 그녀를 무척 곤혹스럽게 했다.

피가 흘러 나가며 극도의 쾌감이 그녀의 온몸을 관통했다.

소은설은 입술을 깨물며 흐릿해지는 정신을 붙잡았다.

'운랑…….'

그녀의 머릿속에 다시 그때의 환상이 떠올랐다.

가슴이 먹먹해지고 자신도 모르게 두 눈에서 눈물이 흘러나왔다.

"무슨 일이냐?"

놀란 진운룡이 피를 흡수하는 것을 멈췄다.

피를 흡수하는 것은 고통이 느껴지지 않고 오히려 희열과 쾌감을 가져온다.

한데 갑자기 소은설이 눈물을 흘리니 그 영문을 알 수가 없었던 것이다.

소은설의 의식이 다시 현실로 돌아왔다.

하지만 가슴의 먹먹함은 여전히 그대로였다.

"저…… 물어볼 것이 있어요."

머뭇거리며 묻는 소은설을 진운룡이 깊은 눈으로 바라봤다. 최근 그녀의 상태가 그날의 충격과 아버지 때문만은 아니라는 느낌이 들었다.

"묻고 싶은 게 무엇이냐?"

잠시 망설이던 소은설이 조심스럽게 입을 열었다.

"혹시…… 여령이라는 이름을 아시나요?"

그녀는 스스로도 너무 터무니없는 질문이라고 생각했다.

그녀의 환상 속에서 나온 이름을 진운룡이 어찌 알 수 있겠는가. 소은설은 괜한 질문을 했다고 곧장 속으로 후회했다.

하지만 그녀의 예상과 달리 이름을 들은 진운룡의 안색이 급변했다.

"네가 그 이름을 어떻게 아느냐?"

굳은 얼굴로 진운룡이 물었다.

다소 흥분된 목소리였다.

그의 눈빛에는 짙은 의문이 담겨져 있었다.

대체 어떻게 소은설의 입에서 제갈여령의 이름이 나올 수 있다는 말인가.

"그, 그게……."

의외의 상황에 소은설은 당황했다.

진운룡의 반응이 이렇게 민감할 것이라고는 예상도 못했기 때문이다.

"누구에게 그 이름을 들은 것이냐?"

소은설을 바라보는 진운룡의 눈동자가 흔들렸다.

제갈여령의 이름을 그녀와 똑같은 얼굴을 한 소은설에게서 듣는 기분은 참으로 묘했다.

소은설이 몸을 움츠리며 두려운 듯 입을 열었다.

"시, 실은…… 제가 검에 찔렸을 때……."

그녀는 자신이 겪은 일을 진운룡에게 사실대로 이야기했다.

죽음에 이르렀을 때 겪은 환상과 최근 꿈들.

"그래서 혹시나 해서 당신한테 물어본 건데……."

소은설이 조심스럽게 진운룡의 눈치를 살폈다.

그는 심각한 얼굴로 생각에 잠겨 있었다.

'대체 이것은 무슨 의미인가…….'

진운룡은 머릿속이 혼란스러웠다.

무엇 때문에 소은설이 그런 환상을 봤으며 그런 꿈을 꾼단 말인가.

제갈여령과 그녀는 대체 어떤 연관이 있는 것일까.

쌍둥이처럼 똑같은 얼굴, 천령안, 그리고 마성을 희석시키는 피.

어느 하나 이해할 수 있는 것이 없었다.

혈귀곡에서 그를 나오도록 만든 의문이 다시 한 번 그의 머릿속을 가득 매웠다.

진운룡이 소은설의 어깨를 세차게 잡았다.

"넌 도대체 누구냐?"

그의 두 눈은 혼란스러움이 가득했다.

"어째서 내 앞에 나타난 것이냐?"

어깨를 잡은 진운룡의 손에 자신도 모르게 힘이 들어갔다.

소은설과 제갈여령의 모습이 겹치며 그의 심장이 크게 방망이질 쳤다.

호흡이 거칠어지고 두 눈동자가 노랗게 변하기 시작했다.

"아, 아파요. 그, 그만하세요."

소은설이 두려운 얼굴로 말했다.

그 눈빛이 죽기 전 제갈여령의 그것과 너무도 똑같았다.

그녀가 지금 너무도 생생하게 진운룡의 눈앞에 서 있었다.

진운룡은 자신도 모르게 그대로 소은설을 끌어안았다.

갑작스러운 진운룡의 포옹에 소은설은 머릿속이 하얗게 변해 아무런 생각도 나지 않았다.

하지만 놀람이나 거부감 보다는 무언가 아득하고 심장이 쑤시듯 아픔이 밀려와 순간 아무것도 할 수 없었다.

"미안하오……."

누구에게 하는 말인지 너무도 애잔한 진운룡의 목소리가 소은설의 가슴을 먹먹하게 했다.

그녀의 두 눈에서는 어느새 눈물이 흘러내리고 있었다.

"지키지 못해 미안하오……."

소은설은 움직일 수도, 무슨 말을 할 수도 없었다.

그녀는 그대로 석상처럼 얼어붙은 채 진운룡의 품 안에 안겨 눈물을 흘렸다.

무엇 때문에 자신이 이렇듯 슬픈지 그리고 아련한 그리움이 느껴지는지 알 수 없었지만, 그녀는 잠시 그냥 이대로 있고 싶었다.

하지만 그녀의 속마음과는 다른 말이 튀어 나왔다.

"수, 숨이 막혀요."

그제야 정신을 차린 진운룡이 급히 뒤로 물러섰다.

"미안하구나…… . 너를 잠시 다른 사람과 착각했다."

씁쓸한 얼굴로 진운룡이 말했다.

과거의 기억들이 아직 그의 머릿속에서 사라지지 않은 채 맴돌고 있었다.

"그 다른 사람이라는 분의 이름이 여령인가요?"

조금은 아쉬운 듯한 얼굴로 소은설이 물었다.

하지만 진운룡은 아무런 대답도 하지 않았다.

"잠시 혼자 있고 싶구나."

잠시 쓸쓸한 눈빛으로 소은설을 응시하던 진운룡이 고개를 돌렸다.

그의 두 눈에는 슬픔이 묻어 있었다.

뭐라 말하려 머뭇거리던 소은설이 포기하고는 천천히 돌아서 진운룡의 숙소를 나섰다.

그 뒷모습을 바라보는 진운룡의 눈동자가 다시 한 번 흔들렸다.

'저 아이는 대체……'

소은설이 나간 뒤로도 진운룡의 시선은 한동안 문에서 떨어질 줄을 몰랐다.

5장
개방 총타

진운룡과 적산, 구학, 세 사람의 걸음이 멈춰 선 곳은 개봉 외곽 관제묘였다.

일반 관제묘에 비해 상당히 규모가 컸는데, 주변에는 제법 많은 숫자의 거지들이 여기저기 아무렇게나 걸터앉아 있었다.

거지들은 세상만사가 다 귀찮은 듯 팔자 좋게 늘어져 있었다.

하지만 세 사람이 나타남과 동시에 방만하게 늘어져 있던 거지들의 시선이 일제히 서늘하게 살아났다. 곧이어 사방에서 사나운 기세가 진운룡과 일행을 향해 쏘아져 왔다.

"이곳이냐?"

날카로운 거지들의 기세가 아무렇지도 않은 듯 진운룡이 구학에게 물었다.

"그, 그렇습니다, 공자님. 이곳이 바로 개방 총타입니다. 아마도 그자가 이곳에 있을 것입니다."

거지들의 서늘한 기세에 놀라 어깨를 움츠린 구학이 머뭇거리며 대답했다.

"무슨 일로 오신 손님들이신가?"

중년의 거지 하나가 조심스럽게 물었다.

진운룡과 일행의 모습이 예사롭지 않았기 때문이다.

중년 거지의 허리에는 다섯 개의 매듭이 묶여 있었다.

다섯 개의 매듭은 그가 개방의 오결 제자임을 말해준다.

개방에서 오결 제자라면 구파의 일대 제자 이상 가는 제법 높은 위치였다.

그는 총타의 경비를 총괄하는 장환이라는 자였다.

오랫동안 총타를 드나드는 손님들을 상대하다 보니 사람을 보는 눈썰미가 남달랐다.

비록 진운룡에게서 별다른 기운이 느껴지지 않았으나, 그는 단번에 진운룡이 보통 인물이 아님을 눈치챘다.

상당한 기운을 내뿜고 있는 적산이 진운룡을 주인처럼 모시는 것만으로도 충분히 짐작할 수 있는 일이었고, 거지들의 강력한 기세를 온몸에 받으면서도 너무도 담담하고 자연스러운 진운룡의 모습 역시 그의 경각심을 일깨우고 있던 것이다.

진운룡의 시선이 장환에게로 향했다.

"그대가 이곳 책임자인가?"

장환은 진운룡의 시선을 받는 순간 마치 무저갱에 떨어진 듯한 막막한 느낌을 받았다.

'세상에 어찌 인간이 저런 눈빛을 가지고 있단 말인가!'

끝을 알 수 없는 늪에 빠진 것처럼 순간 숨이 막혀오고 손가락 하나 까딱할 수 없었던 것이다.

'크윽!'

혀를 깨물며 간신히 정신을 차린 장환이 조심스럽게 입을 열었다.

"찾아온 손님은 예를 다해 맞이하고 해를 입히려 온 자는 쫓아내는 것이 나의 임무외다."

장환의 말투는 처음보다 많이 위축되어 있었다.

"궁위라는 자가 여기에 있나?"

진운룡은 바로 본론으로 들어갔다.

오늘 이렇게 구학의 안내를 받아 개방 총타를 방문한 이유는 궁위를 찾기 위함이었다.

궁위는 정보에 의하면 천사교의 교령으로 강력히 의심되는 인물이었다.

장환의 얼굴에 긴장감이 어렸다.

법개 궁위는 개방에서 다섯 손가락 안에 드는 위치에 있는 이였다.

진운룡이 만일 궁위의 손님이라면 성의를 다해 깍듯이 모셔야 했다.

문제는 진운룡의 태도로 보아 결코 궁위의 손님으로 온 것은 아닌 듯하다는 것이다.

"우선 자신의 정체와 이곳에 찾아온 목적을 먼저 밝히는 것이 예의 아니겠소?"

장환이 경계 어린 눈빛으로 말했다.

"나는 진운룡이라 한다. 그자를 만나 물어볼 것이 있다."

진운룡이라는 이름이 나오는 순간 장환의 얼굴색이 급변했다.

"혈룡!"

동시에 잔뜩 경계하고 있던 거지들이 모두 자리에서 일어났다. 그들의 얼굴에는 적개심이 가득했다.

"네놈이 바로 태상장로님의 오른팔을 자른 놈이로구나!"

거지 하나가 눈썹을 치켜 올리며 소리쳤다.

홍무생은 개방도들에게 신과도 같은 존재였다.

그런 그가 진운룡에게 처참하게 패한 것도 모자라 팔을 잘리는 굴욕을 겪은 것이다.

게다가 비록 악적들과 공모하여 큰 죄를 저지른 죄인이기는 하나, 개방의 얼굴과도 같던 홍혜란 마저 백치로 만들었다.

본디 사람이라는 것이 옳고 그름을 떠나 팔은 안으로 굽기 마련이고, 내가 준 큰 상처는 쉽게 잊어도 다른 사람이 준 작은 상처는 결코 잊지 못하는 법.

개방도들에게 진운룡은 결코 용서할 수 없는 공적이었다.

오십여 명이 넘는 거지들이 진운룡과 일행을 둘러싼 채 살기를 흘렸다.

"큭큭큭, 풍개인지 뭔지 하는 늙은 거지가 아무 잘못도 없는 우리 주군에게 시비를 걸다 큰코다친 것을 어찌 적반하장 격으로 나오는 것이냐."

적산이 이를 드러내며 거지들을 비웃었다.

"이런 쳐 죽일 놈!"

적산의 말에 거지들의 적개심이 극에 이르렀다.

"나는 궁위에게만 용건이 있을 뿐이다. 쓸데없이 손을 쓰고 싶지 않으니 궁위나 데려오라."

진운룡이 귀찮다는 듯 눈살을 찌푸리며 말했다.

이제 다른 이들과 충돌하는 것을 신경 쓰지 않기로 한 그였으나, 그렇다고 사사건건 시비가 붙는다면 너무 피곤한 일이었다.

하지만 그 모습이 더 오만해 보여 거지들을 자극했다.

"건방진!"

"놈을 쳐 죽여 태상장로의 원수를 갚자!"

"악적을 처단하자!"

여기저기서 거지들이 목청을 높였다.

"조용!"

흥분한 거지들을 장환이 제지했다.

그는 결코 어리석은 사람이 아니었다.

상대는 홍무생과 당요 둘을 동시에 물리친 존재였다.

진운룡이 마음만 먹는다면 여기 있는 오십이 넘는 거지도 아무런 장애물이 되지 않을 것이 분명했다.

장환의 명이 떨어지자 거지들은 분기에 차 으르렁대면서도 감히 앞으로 나서지는 않았다.

"법개 궁위께선 우리 개방의 중요한 어른이시오. 그분을 만나려는 이유를 먼저 말해 주시오."

말을 하는 장환의 이마에서 식은땀이 흘렀다.

그는 진운룡의 의도를 살피며 잔뜩 긴장한 얼굴로 침을 꿀꺽 삼켰다.

"그자에게 천사교와 관련해 물을 것이 있다. 그에게 대답을 들으면 문제를 일으키지 않고 조용히 물러갈 것이다."

진운룡의 말에 장환의 눈이 동그랗게 커졌다.

"처, 천사교?"

최근 개방에서도 천사교에 대해 주시하고 있는 상황이었다. 그들이 근래 들어 벌어진 혈사와 민란에 연관이 있다는 정황이 있기 때문이다.

한데 법개 궁위에게 천사교에 대해 묻는다는 것이 조금 이상했다.

진운룡이 천사교에 대한 정보를 얻고 싶은 것이라면 왜 하필 궁위를 콕 집어 지목했단 말인가?

'개방에 묻는 것이 아니라 법개 어르신께 묻는다? 혹시⋯⋯.'

마치 궁위가 천사교와 연관이라도 있다는 듯한 태도였다.

"왜 하필 법개 어르신께 그 대답을 원하는 것이오?"

장환이 확인하듯 진운룡에게 물었다.

"그자가 천사교의 교령이 가능성이 높다는 정보가 있다."

진운룡의 말에 거지들이 사나운 눈빛을 쏘아 냈다.

법개는 개방 내에서도 강직하고 곧은 성품으로 유명했다.

그래서 개방의 법도를 수호하는 직책을 맡게 된 것이다.

한데 진운룡이 감히 그를 모욕하고 있었다.

장환의 표정도 딱딱하게 굳었다.

"어찌 그런 말을 함부로 하는 것이오? 법개께서는 개방 내에서 가장 존경받는 분 중 하나요. 아무런 근거도 없이 법개 어르신을 모함하는 것은 곧 개방에 대한 모욕과 같소!"

어느새 진운룡에 대한 두려움은 잊은 듯 흥분한 모습이었다.

"대체, 무슨 일이길래 이리 소란이냐!"

그때 관제묘에서 다섯 명의 중년 거지가 밖으로 모습을 드러냈다.

그중 가운데 덩치가 크고 뚱뚱한 거지를 향해 나머지

거지들이 깊숙이 고개를 숙였다.

"방주!"

바로 그가 현 개방의 방주 일보팔영(一步八影) 구천 엽이었던 것이다.

상황을 살피던 그의 시선이 진운룡에게서 멈췄다.

"그대는?"

구천엽이 눈을 가늘게 뜬 채 진운룡을 바라봤다.

"그가 바로 혈룡입니다!"

장환이 앞으로 나섰다.

구천엽의 눈썹이 꿈틀했다.

"혈룡? 혈룡이라면 태상방주님의 오른팔을 자른 무 도한 자가 아닌가!"

구천엽 옆에 서 있던 깡마르고 헝클어진 백발을 한 육십대 정도의 거지가 목소리를 높였다.

"감히 저자가 어찌 이곳까지 왔다는 말인가? 이거야 말로 개방을 우습게 보는 처사가 아닌가!"

백발 거지의 호통에 주변을 둘러싼 거지들이 고개를 끄덕이며 호응했다.

"법개 장로님의 말씀이 옳다! 저자가 개방을 업신여 기지 않고서야 어찌 이리 무도하게 행동한단 말인가!"

법개라는 말에 진운룡의 시선이 곧장 백발 거지에게

로 향했다. 그가 바로 진운룡이 찾는 법개 궁위였던 것이다.

순간 진운룡의 신형이 신기루처럼 사라졌다.

"엇!"

궁위가 외마디 비명을 질렀다.

어느새 진운룡이 자신의 코앞에 와 있었기 때문이다.

"이놈! 감히!"

방주 구천엽이 노한 얼굴로 죽장을 휘둘렀다.

하지만 죽장은 애꿎은 허공을 가르고 말았다.

이미 진운룡은 궁위의 뒷덜미를 잡고 일행에게 돌아가고 있었던 것이다.

"궁 장로를 지켜라! 놈들이 절대 빠져나가지 못하도록 하라!"

구천엽의 호통에 거지들이 우르르 진운룡과 일행을 둘러쌌다.

"놔, 놔라! 이놈! 이, 이게 무슨 짓이냐!"

어느새 혈도가 잡혔는지 뻣뻣하게 굳은 궁위가 악을 쓰며 고함을 쳤다.

"장로를 당장 풀어 주지 못하겠느냐!"

구천엽이 벌겋게 상기된 얼굴로 소리쳤다.

"이놈! 장로님을 놓아 주거라!"

"네놈이 감히!"

분노한 거지들도 진운룡을 향해 살기를 쏘아 냈다.

하지만 이 와중에도 진운룡의 표정은 마치 아무 일도 없다는 듯 너무도 여유로웠다. 일행에게 돌아온 그는 궁위를 바닥에 내려놓은 채 거지들을 쓰윽 둘러봤다.

거지들의 살벌한 기세에 놀란 구학이 어깨를 움츠린 채 진운룡 옆으로 찰싹 달라붙었다.

"이런 불한당 같은 놈!"

궁위가 바닥에 누운 채 빽빽 거리며 욕을 해 댔으나 진운룡은 눈 하나 꿈쩍하지 않았다.

"네놈이 감히 개방을 상대로 이런 무도한 일을 저지르고도 무사할 성 싶은 게냐!"

구천엽이 분노한 얼굴로 소리쳤다.

"말했지만 난 이자에게 꼭 들어야 할 것이 있다. 하니 원하는 대답을 듣기 전에는 이자를 풀어 줄 수 없다."

진운룡으로서는 결코 물러설 수 없는 상황이었다.

물론 개방의 거지들과 충돌이 생기는 것은 무척 귀찮은 일이기는 했으나, 그렇다고 이 자리에서 궁위를 놓아 준다면 언제 어디로 숨어 버릴지 알 수 없었기 때문이다.

"흥! 알량한 무공 실력만 믿고 그야말로 안하무인이로구나! 감히 개방을 건드린 대가를 치르도록 해 주마! 모두 타구진을 펼쳐라!"

구천엽이 호랑이 같은 눈으로 명하자 거지들이 순식간에 일행을 둘러쌌다. 그 움직임이 일사불란하며 톱니가 물려 돌아가듯 한 치의 오차도 없었다.

"고, 공자님!"

구학이 두려운 얼굴로 몸을 움츠렸다.

거지들로부터 쏘아져 오는 기세가 피부가 따끔거릴 정도로 위압적이었기 때문이다.

"크크크, 주군이 있는데 무슨 걱정이냐. 거지 놈들이 우리 주군 털끝이라도 건들 수 있을 것 같더냐?"

적산이 지금 상황이 무척 마음에 드는 듯 입꼬리를 위로 말아 올리며 말했다.

어느새 거지들의 숫자는 이백 명을 넘기고 있었다.

관제묘 안에 있던 거지들까지 모두 몰려나온 것이다.

따악! 따닥!

그때 일행을 둥글게 둘러싼 거지들이 죽장으로 땅을 두드리기 시작했다.

따악! 따닥!

장단이라도 맞추듯 모두 똑같은 간격으로 죽장을 내

려쳤다.

이백 명이 동시에 땅을 두드리는 소리에 관제묘 주변
이 지진이라도 난 듯 들썩였다.

쿠웅! 쿵!

마치 죽장이 아닌 거대한 쇠망치로 땅을 내려치는 것
만 같았다.

동시에 거대한 기세가 그 가운데 있는 진운룡과 일행
을 내리눌렀다.

"우욱!"

무공이 약한 구학은 기혈이 진탕되는지 헛구역질을
했다.

"하! 하!"

거지들이 죽장을 내려치는 동작에 맞춰 큰 소리로 기
합을 넣었다. 그 소리가 관제묘 주변을 웅웅거리며 가
득 채웠다.

어지간한 무인이라면 내기가 진탕될 정도로 기합소리
에는 무거운 기운이 실려 있었다.

진운룡이 눈살을 찌푸렸다.

결국 일이 귀찮게 되어 버렸다.

이렇게 된 이상 충돌을 피할 길은 없었다.

"쳐라!"

구천엽의 명이 떨어짐과 동시에 가장 앞 열에 있던 서른 명의 거지가 동시에 죽장을 찔러 들어왔다.

"타앗!"

쉬익!

죽장에 공기가 갈라지며 파공성이 터져 나왔다.

"고작 이 정도냐!"

적산이 자신을 향해 달려드는 열 개의 죽장을 검으로 쳐 냈다.

차아아앙!

이제는 어느새 초절정의 경지를 훌쩍 넘어선 그였다.

적산의 검과 충돌한 죽장들은 쏘아져 오던 속도 그대로 뒤로 튕겨 나갔다.

하지만 그와 동시에 뒤쪽에서 또 다른 열 개의 죽장들이 갑자기 쑤욱 밀고 들어왔다.

"엇!"

깜짝 놀란 적산이 재빨리 뒤로 물러섰다.

그러자 이번에는 뒤로 튕겨졌던 죽장들이 적산의 다리를 노리고 바닥을 쓸어 오는 것이 아닌가.

이를 악문 적산이 그대로 허공으로 떠오르며 검으로 쳐 냈다.

파파파팍!

하지만 적산의 검은 애꿎은 땅바닥만 파헤쳤을 뿐 어느새 다리를 노리던 죽장은 뒤로 빠져나간 후였다.

게다가 어느새 적산의 머리 위로 또 다른 죽장들이 떨어져 내리고 있었다.

죽장 공격은 정신을 못 차릴 정도로 숨 가쁘게 이어졌다.

그 연계가 너무도 빠르고 물 흐르듯 부드럽게 이어져서 적산은 감히 반격을 할 엄두도 낼 수조차 없었다.

그때 진운룡이 움직였다.

그가 두 손을 들어 큰 원을 그렸다.

동시에 쏟아져 오던 죽장들이 진운룡이 그려 낸 원 안으로 주욱 끌려 들어갔다.

"엇!"

"허억!"

놀란 거지들이 급히 죽장을 거두어들이려 했으나, 이미 중심이 앞쪽으로 쏠린 상태인지라 쉽지가 않았다.

"흥, 어림없다! 겨우 그 정도로 타구진을 깨뜨릴 수 있다 보느냐!"

구천엽의 얼굴에 조소가 일었다.

"타앗!"

순간, 기합과 함께 두 번째 열에 있던 십여 명의 거

지들이 허공으로 솟구쳐 올라 진운룡을 향해 죽장을 내려쳤다.

진운룡이 계속해서 앞의 거지들을 끌어들인다면 머리 위로 떨어지는 죽장을 그대로 허용하게 된다.

거지들은 진운룡이 어쩔 수 없이 떨어져 내리는 죽장을 막으리라고 확신했다.

하지만 진운룡의 두 팔이 유려한 곡선을 그리는 것과 동시에 놀라운 일이 벌어졌다.

"아앗!"

갑자기 일어난 강력한 흡입력에 거지들의 손아귀에서 빠져나간 죽장이 마치 살아 있는 것처럼 하늘로 솟구쳐 오른 것이다.

따다다닥!

하늘로 솟구쳐 오른 죽장이 머리위로 떨어져 내리던 다른 죽장들과 부딪혔다.

쩌저저정!

"크읍!"

"으윽."

진운룡의 머리 위로 죽장을 내려치던 거지들이 신음을 흘리며 뒤로 튕겨 나갔다.

동시에 진운룡의 두 다리가 흡인력에 의해 죽장을 잃

고 앞쪽으로 쏠려 있던 거지들을 휩쓸었다.

퍼퍼퍼퍼퍽!

"크윽!"

"아악!"

진운룡의 발길질에 휩쓸린 십여 명의 거지가 피를 뿌리며 뒤로 날아갔다.

그 틈을 메우기 위해 뒤쪽의 거지들이 급히 달려 들어왔지만, 진운룡의 움직임이 그보다 한발 빨랐다.

뒤쪽으로 날아간 거지들의 빈틈으로 진운룡이 파고들었다.

쉬쉬쉬쉬쉬쉭!

진운룡의 양손이 활짝 펴지며 열 가닥의 은빛 섬광이 거지들을 향해 쏘아졌다.

퍼퍼퍼퍼퍼퍽!

진운룡의 앞을 막아서려던 거지들이 집단처럼 쓰러졌다.

그들이 미처 바닥에 눕기도 전에 다시 한 번 열 가닥의 빛줄기가 터져 나왔다.

"크악!"

거지들이 미처 대응도 못하고 속절없이 무너져 내렸다.

"이런! 뭣들 하는 게냐, 진이 무너진다! 어서 빈틈을 막아라!"

구천엽의 다급한 음성이 들려왔다.

허물어진 벽을 매우기 위해 거지들이 안간힘을 썼다.

하지만 이미 타구진은 한 축이 깨져 버린 상태였다.

일행을 내리누르던 강력한 압력도 옅어져 있었다.

"크하하하, 어디 나도 한 번 놀아 보자!"

진의 압박이 사라지자 적산이 이때다 하며 거지들을 향해 돌진했다. 그것은 마치 한 마리 늑대가 양들 사이로 뛰어든 모습이었다.

개개인의 실력으로는 거지들이 적산의 상대가 될 수 없었기 때문이다.

"죽이진 마라."

"알았소."

진운룡의 말에 적산이 약간 불만스러운 듯 대꾸했다.

"이놈들!"

위기를 느낀 구천엽과 개방 장로들이 드디어 싸움에 뛰어들었다.

구천엽이 타구봉을 휘두르며 진의 무너진 자리로 떨어져 내렸다.

"이놈!"

서늘한 안광을 뿌리며 구천엽이 진운룡의 머리를 향해 타구봉을 내려쳤다. 대기를 가르며 일직선으로 내리찍는 타구봉의 기세는 태산이라도 가를 듯 무겁고 강력했다.

하지만 상대는 진운룡이었다.

진운룡은 바닥에 떨어져 있던 죽장을 툭 차올리더니 오른손으로 잡아채고는 떨어져 내리는 타구봉을 향해 마주 휘둘렀다.

마치 아이들이 칼싸움을 하듯 가벼운 움직임이었다.

쩌어어엉!

하지만 나타난 결과는 결코 가볍지 않았다.

바위가 깨져 나가는 것 같은 굉음과 함께 강력한 기의 폭발이 주변을 휩쓸었다.

"크윽!"

신음과 함께 구천엽이 오 장여나 뒤로 튕겨 나가 휘청거리며 바닥에 착지했다.

구천엽의 얼굴이 일그러졌다.

부상을 당하지는 않았으나, 단 일격에―그것도 상대는 힘을 다한 것 같지도 않았다― 허둥지둥 뒤로 물러난 것이다.

"어디 이것도 한 번 막아 보거라!"

이를 악문 구천엽이 공력을 최대한 끌어 올렸다.

진운룡이 이미 홍무생을 이긴 이상 자신이 상대가 되지 않을 것이라는 것은 잘 알고 있었으나, 개방의 방주로서 적에게 굴복할 수는 없었기 때문이다.

"개방도가 모두 죽는 한이 있어도 결코 네놈에게 굴하지 않을 것이다!"

장로들 역시 공력을 끌어 올리며 구천엽과 함께 섰다.

진운룡이 살짝 눈살을 찌푸렸다.

이렇게 되니 마치 진운룡이 천하의 악당이라도 된 듯한 느낌이었던 것이다.

"모두 목숨을 걸고 악도에게서 개방의 이름을 지켜라!"

호통과 함께 구천엽과 장로들이 막 진운룡을 향해 달려드는 순간이었다.

"멈춰라!"

관제묘 주변을 쩌렁쩌렁 울리는 목소리에 거지들의 움직임이 약속이라도 한 듯 멈췄다.

관제묘 지붕 너머로 백발의 노거지가 빠르게 날아오고 있었다.

"태상장로님!"

노인을 알아본 구천엽이 놀라 소리쳤다.

노인의 정체는 바로 풍신 홍무생이었던 것이다.

"너희의 상대가 아니다! 모두 물러서라!"

관제묘 앞에 내려선 홍무생이 다시 한 번 소리쳤다.

"태상장로님!"

"개방을 능멸한 자를 그대로 놔두라는 말씀입니까!"

개방도들이 억울한 듯 머뭇거렸다.

"어허! 당장 물러서래도!"

감히 홍무생의 명을 거역하지 못한 개방도들이 주춤주춤 뒤로 물러섰다. 하지만 그들의 두 눈에서는 아직도 살기가 흘러나오고 있었다.

"대체 어찌 된 일인가?"

홍무생이 구천엽과 진운룡을 바라보며 물었다.

마침 자신이 도착했기에 망정이지 하마터면 개방이 큰 화를 입을 뻔했다.

물론, 지금도 수십 명의 개방 제자들이 바닥에 쓰러져 있는 상태였다. 하지만 얼핏 보기에 크게 상하거나 죽은 자는 없었다.

진운룡이 어느 정도 손에 사정을 봐줬음을 능히 짐작할 수 있었다.

그러나 이 상태가 계속 지속되었다면 진운룡이 끝까

지 사정을 봐줬으리라고 장담할 수 없었다.

제남에서도 자신과 당요가 끝까지 고집을 부리다 결국 돌이킬 수 없는 상처를 입지 않았던가.

"저자가 다짜고짜 찾아와서는 궁 장로님을 내놓으라 행패를 부렸습니다!"

오 결의 매듭을 묶은 중년 거지가 목소리를 높이자 개방도들이 여기저기서 욕설을 뱉어 내며 호응했다.

"사실인가?"

홍무생이 진운룡을 노려보며 물었다.

"행패라니! 주군은 그저 이 거지에게 물어볼 것이 있다고 했을 뿐, 우르르 몰려와서 먼저 위협을 한 것은 거지들이다!"

적산이 발끈해서 소리쳤다.

홍무생의 미간에 주름이 일었다.

진운룡이 궁위를 원하는 이유가 과연 무엇일까.

진운룡 같은 자가 특별한 이유도 없이 함부로 움직이지는 않았을 것이 분명했다.

그렇다면 궁위에게 무언가 중요한 용건이 있다는 이야기였다.

"대체 무엇 때문에 궁 장로가 필요한 건가?"

"이자는 천사교와 연관이 있다. 나는 천사교에 대한

정보가 필요하다."

"저자가 감히!"

"저런 위아래도 모르는 후레자식!"

"어찌 감히 태상장로께!"

진운룡이 홍무생에게 반말을 하자 개방 제자들이 살기를 드러냈다.

하지만 오히려 당사자인 홍무생은 전혀 개의치 않았다.

이미 그는 진운룡이 반로환동을 한 고수라 여기고 있기 때문이었다.

그렇지 않다면 그 어마어마한 능력과 노고수처럼 노회하고 여유로운 태도가 설명이 되지 않았다.

"무슨 근거를 가지고 그리 말하는 것인가."

경직된 얼굴로 묻던 홍무생의 시선이 구학에게 향했다.

"너는 하오문의……?"

구학이 하오문 문주의 제자임을 알아본 것이다.

그렇다면 진운룡이 어떻게 그러한 정보를 얻게 되었는지 어느 정도 짐작이 갔다.

"하오문에서 얻은 정보인가?"

진운룡은 긍정도 부정도 하지 않았다.

홍무생의 표정이 조금 더 찡그러졌다.

하오문과 개방은 강호 정보 조직의 양대산맥이라 할 수 있었으나, 강호에서의 위치는 하늘과 땅 차이였다.

사실 정보면에서도 개방은 체계적이고 고급 정보들을 취급하는 반면, 하오문은 정보의 양은 방대하나, 질적으로 수준이 낮고 신뢰도도 떨어지는 편이었다.

해서 개방에서는 하오문과 비교 당하는 것을 무척 싫어한다.

당연히 하오문에서 얻은 정보를 가지고 개방의 제자를 겁박한다는 것이 마음에 들 리가 없었다.

"고작 하오문 따위의 정보만 가지고 개방의 제자를 핍박하다니!"

방주 구천엽이 노한 음성으로 얼굴을 붉혔다.

"최근 개방에서도 특별히 천사교를 주목하고 있는 중이네. 하지만 개방도 중에 천사교와 연계가 있다는 정황은 전혀 없었네."

홍무생 역시 신빙성이 없다는 듯 고개를 저었다.

"후후, 중이 제 머리를 못 깎는 법이지. 배를 갈라 보지 않고서야 어떻게 자기 속이 곪은 줄 알까. 그렇다면 그 잘난 풍신께서는 왜 손녀가 악적들의 앞잡이인 줄도 몰랐소? 큭큭큭."

적산의 비아냥거림에 홍무생의 눈썹이 꿈틀했다.

하지만 조금 심하긴 했으나 적산의 말이 틀린 것은 없었다.

강호 제일의 정보 단체라는 개방이 제 품 안에 홍혜란 같은 반도가 있다는 사실을 알지 못했다는 것은 부끄러운 일이었다.

그리고 홍혜란이 개방에서 다른 이들을 포섭했을 가능성도 배재할 수 없었다.

천사교는 최근 혈사들을 일으킨 암중 단체와 연관이 있을 것으로 강력히 의심되고 있는 곳이다.

개방의 제자가 천사교와 절대 관련이 없다고 확신할 수 없는 상황인 것이다.

"그것을 어떻게 증명할 것이냐?"

홍무생이 진운룡을 바라보며 다소 날이 선 목소리로 물었다.

"하오문에서 의심한 것은 천사교의 자금이 이자에게 흘러 들어갔기 때문이다. 아마 너희 개방에서도 상세히 조사를 한다면 결국 드러날 터."

진운룡이 무미건조한 목소리로 말했다.

"거짓말입니다!"

점혈이 돼 바닥에 엎어져 있던 궁위가 목에 핏대를

올리며 소리쳤다.

"헛소리!"

"개소리 마라!"

개방 제자들도 진운룡을 향해 욕지기를 뱉어 냈다.

하지만 진운룡은 마치 남의 이야기를 듣는 듯 아무런 반응도 없었다. 그저 아무런 감정도 서리지 않은 표정으로 물끄러미 홍무생을 바라볼 뿐이었다.

홍무생이 고민스러운 눈으로 진운룡을 응시했다.

그는 이미 한 번 겪어 보았기에 진운룡이 결코 허튼소리를 할 사람이 아님을 알고 있었다.

"그렇다면 궁 장로를 우리에게 맡기게. 개방의 이름을 걸고 직접 철저히 궁 장로를 조사해 진실을 밝히도록 하겠네. 만일 자네 말대로 궁 장로가 천사교와 관련이 있다는 사실이 밝혀지면 그에 마땅한 처벌을 내리겠네. 개방의 치부를 외부 사람이 들추도록 할 수는 없지 않은가? 내 이렇게 부탁하지."

간곡하다 싶을 정도로 홍무생이 부탁을 하자 개방도들의 표정이 일그러졌다.

자신들의 최고 어른인 홍무생이 진운룡에게 고개를 숙이다시피 하는 모습이 굴욕적이고 분했던 것이다.

하지만 진운룡은 그마저도 용납하지 않았다.

"그럴 순 없소. 나는 지금 이 자리에서 이자의 대답을 들어야겠소."

시간을 끌어 궁위의 정체가 드러난 사실을 천사교에서 알게 되면 교주가 다른 곳으로 거처를 옮기거나 숨어 버릴 가능성이 있었다.

여지를 주지 않으려면 지금 교주의 위치를 알아내고 바로 쳐들어가야 했다.

"태상장로님, 이런 모욕을 받고도 어찌 개방이 물러설 수 있겠습니까!"

"목숨을 걸고라도 저 악도와 맞서겠습니다!"

"옳소!"

개방도들이 더 이상 분노를 참지 못하고 들썩이기 시작했다.

"조용!"

홍무생이 그들을 막았다.

이대로 진운룡과 충돌한다면 무너지는 쪽은 개방이다.

개방이 처참하게 무너지고 제자들이 크게 다치는 것보다는 잠시 굴욕을 감수하는 편이 나았다.

"대체 그대가 알고 싶은 것이 무엇이기에 이리도 무도하게 고집을 피우는 것인가?"

홍무생이 답답한 얼굴로 물었다.

"천사교주의 거처."

진운룡의 말에 홍무생의 눈이 부릅떠졌다.

천사교주는 교도들조차도 얼굴을 보기 힘들 정도로 장막에 가려진 존재다. 그가 누구인지 어디에 있는지 아는 사람은 아무도 없었다.

개방에서도 오랜 시간 교주의 정체를 파악하기 위해 노력했지만, 아직까지 작은 단서 하나 얻지 못했다.

한데 진운룡이 궁위에게서 천사교주의 위치를 알아내겠다고 하니 홍무생으로서는 놀랄 수밖에 없었다.

"무, 무슨 소리냐! 천사교주의 위치를 왜 내게 묻는단 말이냐!"

궁위가 펄쩍 뛰며 진운룡의 말을 부인했다.

홍무생도 회의적인 얼굴로 말했다.

"궁 장로가 천사교와 연관이 있다 해도 교주의 거처를 알고 있다는 보장은 없지 않나? 아니, 만일 알고 있다고 해도 그가 순순히 털어놓겠나?"

"나에겐 알아낼 방법이 있다."

진운룡이 한 치의 망설임도 없이 말했다.

'혹시……!'

문득 홍무생의 뇌리에 손녀인 홍혜란을 백치로 만든

진운룡의 괴이한 수법이 생각났다.

아마도 섭혼술의 일종인 듯했는데 진운룡이 그 수법을 쓴 뒤 홍혜란은 혼이 빠져나간 듯 백치가 되어 버렸다.

"혹시 그때 그 수법을 말하는 것이라면……. 궁 장로를 백치로 만들겠다는 말인가? 만일, 궁 장로가 천사교와 관련이 없다면 어쩔 것인가."

백치라는 말에 궁위의 안색이 하얗게 변했다.

"무, 무슨 짓을 하려는 게냐!"

그러나 진운룡은 눈 하나 꿈쩍하지 않았다.

"그에 대한 책임은 내가 지도록 하지."

홍무생이 어처구니없는 얼굴로 진운룡을 바라봤다.

대체 어떻게 책임을 진다는 말인가. 목숨이라도 내놓겠다는 말인가?

"그만두게!"

하지만 진운룡은 요지부동이었다.

그는 곧장 궁위의 머리를 잡아 일으켜 세웠다.

"자, 잠깐!"

궁위가 다급히 소리쳤다.

바로 그때였다.

"크하하하하하!"

구석에 있던 젊은 거지 하나가 광소를 터뜨리며 앞으로 나섰다.

"진운룡이라 했나? 그대가 나를 만나고 싶다 하였느냐?"

진운룡이 제령안을 거두고 젊은 거지에게로 시선을 옮겼다.

"진삼! 뭐하는 짓이냐!"

"저놈이 갑자기 미친 게야?"

놀란 개방도들이 젊은 거지를 향해 소리쳤다.

진삼이라 불린 젊은 거지는 입문한 지 삼 년도 되지 않은 백의개로, 그야말로 햇병아리에 불과했다.

자질이나 오성도 그다지 뛰어나지 않아 백의개들 중에서도 하위권에 속하는 조금은 덜떨어진 제자였다.

"교, 교주시여!"

궁위가 갑자기 진삼을 향해 무릎을 꿇었다.

진삼이 궁위를 쓰윽 훑어보고는 다시 말을 이었다.

"어차피 궁위는 금제가 가해져 있어 나에 대한 것을 알아도 말하지 못한다."

진삼이 오체투지 한 궁위를 가리키며 말했다.

"천사교주?"

진운룡이 특유의 아무런 감정도 담기지 않은 목소리

로 물었다. 갑작스러운 상황에도 그의 표정은 조금의 변화도 읽을 수 없었다.

"그렇다. 아니, 정확히 말하면 아니지. 지금 이 모습은 내가 부리는 인형 중 하나라네. 잠시 몸을 빌렸을 뿐이야."

진삼의 말에 주변이 시끄러워졌다.

"대, 대체!"

"귀, 귀신!"

개방도들은 혼란에 빠졌다.

홍무생 역시 당혹스러움을 감추지 못했다.

천사교주가 개방 제자의 몸을 빌려 나타나다니 이게 무슨 귀신 놀음이란 말인가. 믿을 수 있고 없고를 떠나서 상황 자체가 너무도 갑작스럽고 기괴했다.

거기다 궁위는 스스로 천사교주임을 자처하는 진삼을 향해 오체투지 했다.

그것은 곧 궁위가 천사교와 관련이 있다는 것을 스스로 인정한 것과 같았다.

결국 진운룡의 말이 사실로 드러난 것이다.

그때 진삼이 다시 입을 열었다.

"사실 나도 그대에 대해 제법 관심이 많은 편이니 한번 꼭 만나고 싶군. 그간 내 일을 방해한 것에 대한 보답도 하고 싶고 말이야."

진삼의 입꼬리가 양옆으로 말려 올라갔다.

초점이 없는 눈으로 음산한 미소를 짓는 진삼의 모습은 소름이 돋을 정도로 기괴했다.

"어디로 가면 만날 수 있지?"

진운룡이 담담한 얼굴로 물었다.

"후후, 너무 서두를 것 없다. 생각 같아서는 당장이라도 만나고 싶으나 먼저 처리해야 하는 중요한 일이 있어서 말이지. 나를 만나고 싶다면 보름 후 소림사로 오라."

순간, 소림사라는 말이 관제묘 주변을 쩌렁쩌렁 울리며 메아리쳤다.

"소림사?"

진운룡이 뭐라 물으려는데 갑자기 진삼이 몸을 경련을 일으키더니 입에 거품을 문 채 그대로 바닥으로 허물어졌다.

털썩!

진삼은 이미 의식이 없는 상태였다.

진운룡이 미간을 살짝 찌푸렸다.

소림사에서 만나자니 천사교와 소림사가 대체 무슨 관계가 있단 말인가.

'고민해 봤자 쓸데없는 일이지……'

어차피 진운룡의 목적은 천사교주를 만나 혈신대법에 대해 알아내는 것이다.

천사교주가 한 말을 미루어 볼 때, 만나자는 이야기가 거짓이나 허튼소리가 아님은 분명했다.

단, 진운룡을 끌어들이기 위한 함정일 가능성이 높았다.

하지만 함정이라 해도 진운룡에게는 반드시 천사교주를 만나야 할 이유가 있었다.

그에게 천형(天刑)처럼 내려진 피의 저주를 풀 실마리를 천사교주가 가지고 있을 가능성이 있었기 때문이다.

"결국 자네 말이 맞았군."

그때 홍무생의 목소리가 진운룡을 상념에서 깨웠다.

홍무생의 얼굴은 딱딱하게 굳어 있었다.

오늘 일로 인해 개방은 의와 협을 지향하는 그들의 신조가 또다시 큰 상처를 입었다.

개방 내부도 제대로 단속 못하면서 어찌 밖으로 정의를 행하고 악을 징치하겠는가. 이 일이 세간에 알려지게 된다면 누가 개방을 믿겠는가.

"흥! 진작……"

"그만."

적산이 못마땅한 표정으로 한마디 하려는 것을 진운룡이 막았다.

"저자는 개방에 맡기도록 하지. 난 필요한 것을 얻었으니 이만 가 보도록 하겠다."

진운룡으로서는 더 이상 이곳에 있을 이유가 없었다.

홍무생이 씁쓸한 얼굴로 고개를 끄덕였다.

결국 이번에도 진운룡과의 만남은 개방과 그의 명성에 생채기를 남겼다.

개방도들은 이를 드러내며 진운룡에 대한 적의를 숨기지 않았다.

하지만 감히 그 앞을 막아서는 이는 누구도 없었다.

진운룡과 적산 구학은 당당하게 개방 총단을 빠져나갔다.

6장
소림의 위기

객잔으로 돌아온 진운룡은 곧장 소은설이 머물고 있는 객실로 걸음을 옮겼다.

"들어가도 되겠느냐?"

갑작스런 진운룡의 방문에 소은설은 깜짝 놀랐다.

"드, 들어오세요."

소은설이 후다닥 문을 열었다.

마침 전에 있었던 진운룡과의 포옹을 떠올리고 있던 터라, 아이가 못된 장난을 하다 들킨 것처럼 뜨끔했다.

방으로 들어온 진운룡이 천천히 탁자에 앉았다.

"앉거라."

진운룡이 차분한 목소리로 말했다.

소은설은 조금 머뭇거리며 진운룡의 맞은편에 앉았
다.

"전에는 많이 놀랐겠구나?"

진운룡답지 않은 부드러운 말투에 소은설은 살짝 당
황했다.

"아뇨. 사실 저도 정신이 없어서……."

사실이 그러했다.

그날 어찌 된 영문인지 감정과 행동을 제대로 조절할
수 없었다.

"네가 말했던 여령이라는 여인은 전에 보았던 무덤의
주인이다."

진운룡이 쓸쓸한 눈빛으로 말했다.

어느 정도 짐작했던 일이었기에 소은설은 가만히 진
운룡의 이야기를 들었다.

"너를 처음 보았을 때 너무도 그녀와 닮아 깜짝 놀랐
다. 닮았다기보다는 똑같다고 말하는 것이 맞겠지. 물
론, 성격이나 분위기는 전혀 다르지만 말이다."

잠시 무언가를 생각하는 듯 허공을 응시하던 진운룡
이 말을 이었다.

"한데 네가 여령의 이름을 말하니 나로서는 놀랄 수
밖에 없었지."

"대체 제가 왜 그런 꿈을 꾼 것일까요? 저는 그 여령이란 분을 전혀 알지 못하고, 그 이름을 누구에게 들어본 적도 없는데 어떻게 그분이 꿈에 나타나는 거죠?"

소은설이 혼란스러운 얼굴로 말했다.

"글쎄…… 그건 나도 전혀 알 수가 없구나. 혹, 네가 죽었다 살아난 것과 관련이 있을지도 모르지. 그때, 내 피를 주입받은 것이 영향을 줬을 수도……."

진운룡의 미간에 내 천(川) 자가 그려졌다.

지금으로서는 확신할 수 있는 것이 아무것도 없었다.

"어쨌든 그것이 어떤 의미를 가지고 있는지, 그 원인이 무엇인지, 나도 정말 궁금하다."

소은설이 그런 환상을 보고 꿈을 꾸는 것에는 분명 무슨 이유가 있을 것이다.

한숨을 내쉰 소은설이 고민에 빠진 진운룡의 옆모습을 물끄러미 바라봤다.

그의 모습은 어딘지 모르게 무척 슬퍼 보였다.

할 수만 있다면 어떻게든 그를 위로해 주고 싶었다.

하지만 소은설은 끝내 용기를 내지 못했다.

"오늘 가신 일은 잘되었나요?"

그녀는 무거워진 분위기를 바꾸기 위해 화제를 돌렸다.

"과정은 그다지 매끄럽지 않았지만, 목표했던 일은 이룬 셈이지."

"아! 그럼 천사교주가 있는 곳을 알아냈나요?"

"아니."

소은설의 얼굴에 의문이 일었다.

개방 총단에 갔던 이유가 바로 천사교주가 있는 곳을 알아내기 위해서 아니었던가.

한데, 교주의 위치를 알아내지 못했음에도 목표했던 일을 이루었다니 무슨 말인지 이해할 수 없었던 것이다.

"하지만 놈이 스스로 내게 만나자고 하더군."

"천사교주가요? 그럼 그곳에 천사교주가 나타났었다는 말인가요?"

소은설이 놀라 소리쳤다.

"그가 직접 온 것은 아니고, 혼만 왔다 갔다."

도대체 무슨 소린지 어안이 벙벙했다.

혼이 왔다 갔다니. 천사교 교주가 귀신이라도 된다는 말인가. 아니면 소문처럼 그자가 정말 미륵의 화신이라는 것인가.

소은설이 고개를 절레절레 저었다.

'하기야 죽었다 살아난 나도 있는데…….'

한번 그런 일을 겪고 나니 이제는 무슨 이야기를 들어도 믿을 수 있을 것 같았다.

"어쨌든 놈이 보름 후에 소림사에서 만나자고 통첩을 했다."

"소, 소림사요?"

소림이라는 말에 소은설의 눈이 동그래졌다.

소림사.

그 이름이 강호에서 차지하는 비중은 말로 표현할 수 없을 만큼 거대하고 독보적이었다.

그 유구한 역사와 전통을 차지하고라도 현재도 구파일방의 가장 꼭대기에 위치해 있으며, 정도무림의 가장 큰 기둥이라고 누구나 서슴없이 인정할 수 있는 곳이 바로 소림이었다.

"그래. 무슨 이유인지는 모르지만, 그곳에서 놈을 만나기로 했으니 며칠 후 숭산으로 출발할 것이다. 너도 미리 준비하도록 해라. 그럼 편히 쉬거라."

자리에서 일어난 진운룡은 소은설에게 가벼운 인사를 한 후 자신의 방으로 돌아갔다.

*　　　　　*　　　　　*

무한에 위치한 무림맹.

의사청(議事廳)에 모인 이들의 분위기가 자못 무거웠다.

대전 한가운데에는 무림맹주 남궁진천이 굳은 얼굴로 앉아 있었다.

"진운룡이라는 자가 무림에 풍파를 일으키고 있소이다! 뛰어난 무공 실력을 믿고 안하무인격으로 말썽을 만들고 있어요! 그런 자를 그대로 두고 본다면 결국 정도무림의 큰 재앙 덩어리가 될 것이오!"

개방의 장로인 왕규가 목에 핏대를 올리며 말했다.

진운룡이 개방에서 버린 소동은 이미 강호에 소문이 퍼진 상태였다.

개방으로서는 오랜 세월 그들이 지켜 왔던 이름에 금이 가고 말았다.

고작 일개 무인에게 타구진이 깨겼고, 궁위가 천사교의 주구(走狗)였다는 사실까지 밝혀졌다.

홍무생과 홍혜란까지 생각하면 진운룡이 일을 벌일 때마다 개방은 피해를 입은 셈이었다.

당연히 진운룡에 대한 감정의 골이 깊을 수밖에 없었다.

"흠, 개방이 당한 피해는 유감이오만, 정황을 보자면

진운룡 공자에게도 그럴 만한 이유가 있지 않았소? 풍신 어르신의 손녀나 궁위 장로의 경우 모두 최근 혈사들을 일으킨 세력과 연관이 있는 자들이었소."

진운룡과 친분이 있는 황보세가의 가주 황보혁군이 진운룡을 옹호했다.

그가 겪은 진운룡은 다소 무뚝뚝하고 오만하기는 했으나, 함부로 다른 이를 핍박하거나 문제를 일으킬 사람은 아니었다.

"흥! 그런 일이 있다 해도 그는 일을 처리하는 데 있어 너무 무례하고 안하무인격입니다. 그런 일을 벌이기 전에 최소한 개방에 미리 의논을 하거나 적법한 절차에 따라 요청을 했어야 합니다. 하지만 그자는 막무가내로 쳐들어와서 개방도들을 상하게 하고 총단을 쑥대밭으로 만들었습니다!"

"참으로 오만방자한 자요! 벼는 익을수록 고개를 숙이는 법인데 조그만 재주를 믿고 너무 나대는구려!"

모용세가의 가주 모용기중이 눈썹을 치켜 세우며 말했다.

그 역시 진운룡에 대한 감정이 그다지 좋지 못했다.

진운룡에 대한 정보의 출처가 바로 그의 딸 모용주란이었기 때문이다.

모용주란이 진운룡에 대해 좋게 이야기 했을 리가 없었다.

"내 말이 그 말이오. 그가 강호 무림을 우습게 보고 너무도 오만방자하게 군다는 것이오. 그자에게 무림의 법도가 어떠한 것인지 톡톡히 알려 줄 필요가 있소."

모용기중까지 진운룡을 강하게 비판하자 황보혁군은 쉽사리 진운룡을 옹호할 수 없었다.

게다가 개방과 우호적인 구대문파의 장로들도 한 마디씩 거들며 개방의 입장을 옹호했기에 황보혁군 혼자 진운룡을 비호하기엔 무리였다.

어차피 황보세가도 진운룡과 그다지 큰 친분이 있는 것도 아니지 않던가.

의사청 안은 진운룡을 성토하는 목소리로 한동안 소란스러웠다.

한편, 남궁진천은 그들의 모습을 아무 말 없이 바라봤다.

늘 그렇듯이 식상하고 진부한 전개다.

새로운 신진고수가 출현하면 기존의 기득권 세력들은 그를 견제하고 굴복시키려 한다. 아니면 적절한 핑계를 만들어 아예 그 싹을 뽑아 버리는 것이다.

하지만 그것은 남궁진천이 바라는 방향이기도 했다.

진운룡에게 손자 남궁린이 목숨을 잃었기 때문이다.

남궁린은 평범한 손자가 아니었다.

그와 가문이 심혈을 기울여 키워 낸 세가의 미래를 짊어질 기둥이었다.

한데, 진운룡이 그 기둥뿌리를 뽑아 버린 것이다.

마음 같아서는 당장 달려가 진운룡을 자신의 손으로 직접 쳐 죽이고 싶었다.

하지만 그는 무림맹의 맹주였다.

그가 움직이는 것은 정도 무림맹이 움직이는 것과 같다.

해서 명분이 필요했다.

진운룡을 옭아맬 올가미가 말이다.

"개방의 입장은 잘 들었소."

남궁진천의 목소리가 대전을 울리자 좌중은 소란을 멈췄다.

"진운룡이라는 자가 비록 여러 차례 암중 세력을 격퇴하고 그 행동의 목적이 정당한 이유가 있다고는 하나……."

남궁진천이 잠시 말을 멈추고 좌중을 돌아봤다.

"그 방법에 있어서 무림 방파들에게 심대한 피해를 입힌 것만은 부인할 수 없는 사실이오."

대부분의 피해는 개방이 입었으나 남궁진천은 그 대상을 무림 방파들이라고 넓힘으로써 진운룡을 모두의 적으로 만들었다.

어차피 현재 정도 무림을 이끌고 있는 대부분의 세력이 진운룡을 위협으로 느끼고 있는 것도 사실이었다.

통제되지 않는 강력한 존재. 언제 어디로 튈지 모르는 진운룡의 존재는 그들의 심기를 불편하게 만들 수밖에 없었다.

"그리고……."

남궁진천이 살짝 미간을 찡그렸다.

무언가 심각한 것을 이야기 하려는 표정이었다.

모두의 시선에 궁금증이 일었다.

"정보에 의하면 그자가 흡혈을 한다 하오."

의사청을 매운 무인들의 얼굴에 경악이 일었다.

"흡혈을?!"

"아니 그렇다면 마인이 아니오?"

"흥, 놈이 사공을 익힌 것이 분명하오!"

"허허, 흡혈을 하다니……."

여기저기서 진운룡을 성토하는 목소리가 들려왔다.

남궁진천이 손을 들어 사람들을 진정시켰다.

"하지만 그자가 반드시 마두라고 단정 지을 수는 없

는 상황이오. 이제껏 진운룡 그자의 행보는 비록 거칠기는 했으나, 사도나 마도보다는 정도에 가까운 것이었소. 개방의 경우 제법 피해가 있었으나, 생명을 잃은 이는 없소. 그자의 능력을 생각한다면 손속에 사정을 둔 것이라 할 수 있소이다."

남궁진천은 오히려 진운룡의 입장을 변호했다.

물론 그것은 그의 본심과는 전혀 달랐다.

자신이 손자 죽음에 흔들리지 않고 공명정대하게 진운룡을 판단한다는 것을 보여 주기 위해서였다.

각 파의 고수들이 고개를 끄덕였다.

"맹주께선 역시 공명정대하고 대의를 먼저 생각하시는구려. 손자의 일로 힘드실 텐데도 사사로운 감정에 얽매이지 않고 현명한 판단을 내리시니 참으로 본받을 만한 일이외다."

소림의 장로인 원목이 남궁진천을 칭송했다.

"하면 맹주께서는 어찌하셨으면 좋겠소?"

다소 불만 어린 얼굴로 개방 장로 왕규가 물었다.

"일단 그자에게 소명할 기회를 주도록 하자는 것이 내 생각이오. 무림맹으로 그자를 호출해서 여러 명숙들이 지켜보는 가운데 그자가 진정 마두인지 아니면 정도를 걷는 인물인지 스스로 해명할 기회를 주는 것이오."

황보혁군이 눈살을 찌푸렸다.

남궁진천의 의견은 어찌 보면 제법 합리적이고 진운룡의 입장을 생각해 주는 듯 보였다.

하지만 무림맹에서 오라 가라 한다고 진운룡이 눈 하나 꿈쩍할 리가 없었다. 그저 명목상 최선을 다했다는 것을 보여 주려는 꼼수였다.

"호오, 그거 좋은 생각이시구려! 이렇게 기회를 주는데도 그자가 거부한다면 스스로 마인임을 인정하는 꼴입니다."

어떻게 그런 결론이 나오는지 모르겠지만, 왕규와 모용기중은 쌍수를 들고 남궁진천의 의견을 환영했다.

의사청에 모인 이들 중 그 누구도 부당하다 이야기하는 사람은 없었다.

"좋소. 그럼 근 시일 안에 진운룡 그자를 맹으로 직접 불러 시시비비를 가리도록 하겠소. 군사는 그자에게 이 사실을 통보를 하도록 하게."

마치 당연하다는 듯 일은 일사천리로 진행되었다.

어차피 여기 모인 이들이 바로 정도 무림의 법이자 지배자였기 때문이다.

그렇게 진운룡은 자신도 모르는 사이 정도 무림을 위협하는 인물로 낙인찍혔다.

　　　　　＊　　　　　＊　　　　　＊

　숭산 소림사.

　산문 앞을 지키는 수행승들의 시선이 길 아래쪽을 향했다.

　이제 열여섯 쯤 되었을까 싶은 작고 귀여운 소녀가 산문을 향해 하늘하늘 걸어오고 있었기 때문이다.

　"흠, 여시주께서는 걸음을 멈추시오."

　소녀를 막아서는 젊은 수행승의 얼굴에 약간의 홍조가 일었다.

　소녀가 무슨 일이냐는 듯 눈을 동그랗게 뜨고 젊은 승려를 바라봤다.

　"허험, 소림에서는 정해진 참배객을 받는 날이 아니면 여시주의 출입은 금지되어 있으니 죄송하지만 돌아가 주십시오."

　젊은 승려가 정중하게 말했다.

　소림사는 정해진 날 이외에는 여인의 출입이 금지되어 있었다.

　"어머, 이걸 어쩌지? 소림사를 구경하려고 멀리서 왔는데……. 들어가 보지도 못하고 이대로 돌아가야 하는 건가요? 정말 힘들게 여기까지 왔는데……."

소녀가 슬픈 눈으로 울먹였다.

그 모습이 너무 안타까워 수행승들이 미안한 얼굴로 소녀를 달랬다.

"아미타불. 여시주 미안하게 되었습니다. 하지만 소림의 법도가 워낙에 지엄하니 저희도 어쩔 수 없군요."

무언가 못마땅한 듯 소녀의 미간에 살짝 주름이 일었다.

"하지만 안에서 만나기로 한 분이 있어서 꼭 들어가 봐야 해요. 그분은 약속을 안 지키는 걸 무척 싫어하거든요."

젊은 승려의 표정이 변했다.

지금은 참배객을 받지 않는 시기였다.

이 시기에 누군가 만나기로 약속했다면 소림의 사람일 것이 분명했다.

그렇다면 이야기가 달라진다.

혹시라도 윗분들이 특별히 초청한 것이라면 소녀의 출입을 허가할 수 있었기 때문이다.

"누구와 만나기로 하셨습니까? 안에 연통을 넣을 테니 잠시 기다리십시오."

소녀가 검지 손가락을 입술에 대고는 곤란한 표정을

지었다.

"말하면 안 되는데……."

"말씀을 하셔야 들어가실 수 있습니다."

무언가 결심을 한 듯 소녀가 승려를 향해 손짓을 했다.

"좋아요. 그럼 말할 테니 귀 좀 대 볼래요?"

"귀, 귀를 말입니까?"

승려가 난감한 얼굴로 머뭇거리며 소녀를 향해 고개를 숙였다.

"내가 만날 사람은……."

소녀가 작은 목소리로 속삭였다.

"너희를 지옥으로 인도할 분이지."

"무, 무슨!"

깜짝 놀란 승려가 몸을 일으키려 했지만, 그는 아무것도 할 수 없었다.

머리가 몸통과 분리되었으니 당연한 일이었다.

그가 마지막으로 본 풍경은 다른 승려들의 몸이 수십 조각으로 분리되어 피를 뿌리는 모습이었다.

슈슈슈슉!

정체를 알 수 없는 붉은 실선들이 허공을 가득 매움과 동시에 승려들의 육신은 조각나 버렸다.

"중들의 피 맛은 역시 별로야."

소녀가 손가락에 묻은 피를 혀로 핥으며 말했다.

어느새 그녀의 머리카락은 핏빛으로 물들어 있었다.

"이제 주인을 뵈러 가 볼까?"

소녀의 연기처럼 사라졌다.

*　　　　*　　　　*

"침입자다!"

"적이다!"

삼경이 훌쩍 넘어간 한밤에 소림의 경내가 시끄러워
졌다.

"크악!"

"아악!"

곳곳에서 비명 소리가 들려오고 피비린내가 진동했
다.

사방에 붉은 무복을 입은 자들이 소림사의 승려들을
도륙하고 있었다.

"이놈들! 멈추거라!"

그때 한 무리의 승려들이 바람처럼 날아왔다.

"호오, 이제야 좀 쓸 만한 자들이 나선 것인가?"

머리에 화려한 금관을 쓴 중년인이 입가에 부드러운 미소를 머금고 말했다.

"네놈들은 누구인데 감히 소림에 함부로 침입한 것이냐!"

키가 칠 척은 되어 보이는 거구의 승려가 호목(虎目)을 부릅뜨고 말했다.

그 뒤로 열여덟 명의 단단한 체구의 승려들이 따르고 있었다.

"그 커다란 덩치와 손에 쥔 철봉을 보니 그대가 나한당의 수좌인 원공인가? 그렇다면 그 뒤에 있는 자들은 십팔 나한이겠군? 역시 소림이랄까? 제법 인재들이 많군그래. 안 그런가, 일 사령?"

"교주님의 영명하신 안목을 누가 감히 따르겠사옵니까?"

중년인 옆에 있던 은색 도깨비 가면을 쓴 자가 깊숙이 고개를 숙이며 말했다.

이들은 바로 천사교주와 그 무리들이었던 것이다.

"소림의 실력을 한번 구경해 보고 싶구나."

"크크크, 소신이 나서서 교주님의 눈을 즐겁게 해 드리겠습니다."

한쪽 얼굴이 괴상하게 일그러진 꼽추노인 사 사령 추

노가 눈을 빛내며 나한당주를 향해 쏜살같이 쏘아져 나
갔다.

퍽, 퍼억!

꼽추노인이 스치고 지나간 자리에 서 있던 승려들의
머리가 수박처럼 터져 버렸다.

츠츠츠츳!

동시에 허공으로 솟아오른 핏물이 붉은 실선을 그리
며 꼽추노인에게 빨려 들어갔다.

"크크크크!"

피를 흡수한 꼽추노인의 눈동자가 핏빛으로 물들었고
몸 전체에는 핏빛 가시가 돋아났다.

인간이라기보다는 괴물에 가까운 모습이었다.

"그만두거라, 이놈!"

나한당주 원공이 분노에 이를 갈며 꼽추노인을 향해
달려들었다.

"혼자서는 힘들 테니 모두 덤비도록 해라, 큭큭큭."

"홍!"

원공은 꼽추노인의 조소에도 아랑곳하지 않고 철봉을
내려쳤다.

부우웅!

마치 번개라도 치듯 철봉이 꼽추노인의 머리위로 떨

어져 내렸다. 나한당의 수좌답게 웅혼한 공력이 담긴 강력한 일격이었다.

터엉!

하지만 원공의 일격은 너무도 쉽게 막혀 버렸다.

놀랍게도 철봉은 꼽추노인의 교차한 두 팔에 끼어 있었다.

가시로 뒤덮인 꼽추노인의 두 팔이 원공의 철봉을 옭아매고 있었던 것이다.

원공의 두 눈이 부릅떠졌다.

'마치 쇳덩이와 부딪힌 듯하구나!'

철봉이 벽에 막힌 듯 옴짝달싹도 할 수 없었다.

"크크크, 겨우 이 정도라면 실망이로구나."

꼽추노인이 누런 이를 드러내며 원공을 비웃었다.

"어디 이것도 받아 보거라!"

우우우우웅!

공력을 한껏 끌어 올린 원공의 가사자락이 부풀어 올랐다.

"하앗!"

드드드드드!

쩌렁쩌렁한 기합과 함께 철봉의 끝이 회전하기 시작했다.

까가가가가강!

회전하는 철봉과 꼽추노인의 가시가 부딪히며 불꽃이 튀었다. 마치 쇠와 쇠가 부딪히는 듯했다.

"우움!"

원공이 공력을 더욱 끌어 올리자 철봉이 점점 꼽추노인의 양팔을 밀고 들어갔다.

"크흐흐, 제법이구나. 하지만 장난은 여기까지다!"

스슥!

순간 꼽추노인의 신형이 밑으로 쑤욱 꺼졌다.

"헛!"

목표를 잃은 철봉이 스스로의 힘을 이기지 못하고 앞으로 딸려 나갔다.

어느새 자세를 낮춘 꼽추노인이 무방비로 노출된 원공의 하체와 가슴을 향해 두 팔을 박아 넣고 있었다.

푸욱!

"커헉!"

배와 가슴에 구멍이 뚫린 원공이 그대로 무너져 내렸다.

"이거 너무 싱겁구나! 그래서 한꺼번에 덤비라 하지 않았느냐? 크크크크!"

"이놈!"

"감히! 네놈이!"

원공의 죽음에 격분한 십팔 나한들이 꼽추노인을 향
해 달려들었다.

"크크크! 그래, 그렇지."

슈슈슈슈슉!

순간, 꼽추노인의 몸에 돋아나 있던 핏빛 가시들이
십팔 나한들을 향해 쏘아져 나갔다.

파파파파팍!

"조심해!"

"크윽!"

수십, 수백 개의 가시가 나한들의 몸을 할퀴고 지나
갔다.

퍼억, 퍽!

"지율!"

그사이 꼽추노인은 이미 십팔 나한 중 두 명의 머리
를 으깨고 있었다.

"손을 멈추시오!"

쩌엉!

그때 폭음과 함께 꼽추노인이 뒤로 주르륵 밀려났다.

"제법이군, 크크크."

꼽추노인의 시선이 허공을 향했다.

그곳에는 열여덟 명의 노승들이 마치 새처럼 날아 내리고 있었다.

꼽추노인의 시선은 그 가운데에 녹옥불장(綠玉佛杖)을 든 백염의 노승을 향하고 있었다.

그가 날린 장력이 꼽추노인을 뒤로 세 걸음이나 물러나게 만들었기 때문이다.

"빈승은 소림의 방장을 맡고 있는 공지라 하오. 그대들은 어찌 청정하고 신성한 불사에 들어와 혈사를 벌이는 것이오?"

공지라는 소리에 천사교주의 두 눈에 이채가 일었다.

"호오, 그대가 바로 불황 공지로군?"

불황 공지.

소림의 방장이자 십이천의 일인으로 생사가 불분명한 망우대사를 제외하면 현 소림 최고의 고수라 할 수 있었다.

"어머, 이거 내가 조금 늦었네?"

그때 산문 쪽에서 맑은 목소리와 함께 귀여운 소녀 하나가 나타났다.

하지만 소림의 승려들은 결코 그녀의 모습을 귀엽게 바라볼 수 없었다.

그녀의 온몸이 피로 젖어 있기 때문이기도 했지만,

더욱 소림승들을 경악케 한 것은 그녀의 두 손에 들린 지객당 당주와 부당주의 수급 때문이었다.

그녀의 정체는 바로 이 사령 심유화였던 것이다.

"아미타불……."

공지가 안타까운 얼굴로 불호를 외웠다.

사뿐 거리는 걸음으로 천사교주 앞에 다가선 심유화는 그대로 오체투지 했다.

"교주님."

"수고했다."

천사교주가 미소를 지으며 심유화를 치하했다.

그녀는 곧장 천사교주 옆에 자리를 잡았다.

"이제 모두 모였으니 본론으로 들어가 볼까? 소림은 들으라!"

교주의 목소리가 소림사 경내를 가득 채웠다.

어마어마한 공력이 담긴 목소리에 내력이 약한 승려들은 머리를 부여잡고 주저앉았다.

"오늘부로 이곳 소림은 우리가 접수하겠다! 너희는 우리 혈신의 자손들이 강호를 재패하는 첫 재물로 소림을 택한 것을 영광으로 알고 모두 무릎을 꿇어라!"

"혈신의 자손?"

공지가 의문이 담긴 눈으로 교주를 바라봤다.

"너희가 혈마라 이야기하는 분이지."

"혈마!"

모두의 표정이 딱딱하게 굳었다.

"혈교의 잔당들이구나!"

놀라운 일이었다.

혈교는 이미 백 년도 훨씬 전에 정마(正魔) 연합에 의해 전멸했다.

그들이 강호에 일으킨 혈사는 마교와 정파가 손을 잡아야 했을 정도로 공포스러운 것이었다.

워낙 오래전 일이라 지금은 기억하는 이들이 많지 않았지만, 무림 역사상 가장 많은 피가 흘렀으며 수많은 문파가 사라졌다.

아직도 무림은 그때의 여파를 모두 복구하지 못하고 있었다.

한데 그 혈교가 다시 모습을 드러낸 것이다.

"우리는 오늘 소림을 강호에서 지울 것이다!"

교주가 손을 들어 올리자 오백이 넘는 혈교의 무사들이 소림 승려들을 향해 돌진했다.

"크크크, 방장은 내가 맡겠다!"

사 사령 추노가 눈을 빛내며 공지에게 달려들었다.

"흥, 재미는 혼자 다 보려 하는군."

심유화가 콧방귀를 끼며 승려들 사이로 뛰어들었다.

"빠질 수 없다, 우리도!"

"어디 중놈들 피 맛 좀 볼까?"

삼 사령인 세 명의 라마승과 오 사령 백승도 질세라 심유화를 따라 전장으로 뛰어들었다.

"나한진을 펼쳐라!"

공지의 명에 따라 승려들이 한데 모여 방진을 이루었다.

본래 나한진은 공격보다 수비에 중점을 둔 진법이다.

백팔 명의 무승들이 겹겹이 방진을 형성하여 수시로 자리를 바꾸며 상대의 공격을 분산시키고 막아 낸다.

그 중심에 공지를 비롯한 고승들이 자리해 진의 약화된 부분을 지원한다.

"크크크, 어디 명성만큼 대단한지 보자꾸나!"

슈슈슈슈슉!

추노가 쏘아 낸 가시가 나한진의 외곽을 지키는 무승들을 향해 날아갔다.

한데 놀랍게도 가시가 날아간 곳의 진형이 안쪽으로 쑤욱 들어가다, 다시 밖으로 나오면서 탄력을 이용해 가시를 튕겨 내는 것이 아닌가!

마치 살아 있는 생물처럼 진은 꿈틀대며 추노가 쏘아
낸 가시들을 남김없이 밖으로 튕겨졌다.

"하압!"

백 명이 넘는 무승들은 거대한 하나의 생명체처럼 일
사분란하게 움직였다.

꼽추 노인 추노의 눈꼬리가 위로 치켜 올라갔다.

"고기 처먹는 땡중 놈들이 제법이로구나!"

사실 소림의 무승들은 다른 사찰의 승려들과 달리 육
식을 허용하고 있었다.

무공을 수련하기 위해서는 그만큼의 체력이 필요했
고, 체식만으로는 강도 높은 수련을 버텨 낼 육신을 만
들기가 쉽지 않았기 때문이다.

추노는 그것을 비꼰 것이다.

"호호호, 늙은이는 힘이 딸려서 안 된다니까. 어디
내 것도 막아 보시지!"

순간, 수백 가닥의 핏빛 선이 소림의 승려들을 덮쳤
다.

좌아아아아악!

대기를 가르며 쏘아진 것은 바로 심유화의 머리카락
이었다.

"흡진(吸陳)!"

공지의 고함소리와 함께 진이 다시 한 번 안쪽으로 말려 들어갔다.

하지만 그때, 심유화의 머리카락이 쏘아져 오는 속도가 배로 증가했다.

파파파파팍!

"크윽!"

"으윽!"

미처 밀어내기도 전에 심유화의 머리카락이 진을 덮쳤다.

진의 외곽에 위치한 승려들이 목봉을 들어 심유화의 머리카락을 막았으나, 그 충격으로 뒤쪽으로 튕겨 나갔다.

"막아라!"

이 열과 삼 열에 선 승려들이 앞의 승려에게 공력을 보냈다.

"하압!"

밀려 나가던 승려들이 간신히 중심을 잡고 다시 자리로 돌아왔다.

"쿨럭!"

몇몇 승려가 충격을 완전히 막아 내지 못하고 입에서 피를 토했다.

하지만 그들은 이를 악물고 다시 봉을 들어 올렸다.

"흥, 독한 중놈들이로구나! 어디 또 막아 보거라!"

심유화가 두 눈에서 살기를 피워 올리며 다시 한 번 머리카락을 쏘아 냈다. 처음보다 빛이 더욱 짙어져 있었다.

"어림없다!"

그때, 공지가 훌쩍 날아올라 심유화의 머리카락을 향해 두 손을 펼쳤다.

사람 몸 보다 더 큰 거대한 장영이 심유화의 머리카락과 부딪혔다.

쩌어어엉!

귀가 멍멍한 굉음이 터지며 심유화의 머리카락이 뒤로 튕겨 나갔다.

"저 빌어먹을 늙은 땡중이 감히!"

심유화의 얼굴이 일그러졌다.

바로 그때였다.

"비켜라!"

심유화 뒤쪽으로부터 어마어마한 기운이 덮쳐 왔다.

심상치 않은 기세를 느낀 심유화와 추노가 재빨리 옆으로 비켰다.

그사이를 관통한 거대한 빛줄기가 공지가 버티고 있

는 진을 때렸다.

콰아아아아앙!

무시무시한 폭발과 함께 진을 이루던 승려들이 추풍낙엽처럼 뒤로 튕겨 날아갔다.

공지도 무려 다섯 걸음이나 밀려나서야 몸을 멈출 수 있었다.

빛줄기가 지나간 자리는 폭이 족히 반 장은 되어 보이는 도랑이 깊이 파여 있어 그 위력을 능히 짐작케 했다.

"뭐하는 거야, 일 사령! 우리까지 휘말릴 뻔했잖아!"

심유화가 두 눈에 쌍심지를 켜고 뒤를 돌아봤다.

그곳에는 일 사령 척진군이 길이가 오 척이 넘는 거도(巨刀)를 전면을 향해 겨누고 서 있었다.

거도에는 놀랍게도 거의 일 장에 달하는 도강이 일렁이고 있었다.

"교주님께서 직접 행차하셨는데 쓸데없이 시간을 지체할 수는 없다."

일 사령 척진군이 천천히 앞으로 걸어 나왔다.

동시에 사방에 뿌려진 승려들의 피가 마치 살아 있는 것처럼 꿈틀대며 척진군에게로 빨려 들어갔다.

피를 흡수한 척진군의 도강은 붉게 물들었고, 느껴지

는 기세 또한 배로 늘어났다.

"으음……."

공지의 안색이 어두워졌다.

방금 전 일격만으로도 십이천 중 다섯 손가락 안에 드는 그조차 속절없이 밀렸을 정도로 강력했다.

한데 지금은 더욱 강력해진 척진군의 도강을 막아야 한다. 게다가 나머지 사령들이 모두 한꺼번에 공격한다 면 아무리 나한진이라 해도 버텨 낼 리가 없었다.

'허허, 자칫하면 오늘 소림의 장구한 역사가 끝나겠 구나……. 망우 사숙만 계셨어도…….'

공지의 눈동자가 흔들렸다.

살아 있는 생불이라 불리던 망우는 현재 강호에서는 생사가 불분명하다 알려져 있었다.

하지만 망우는 멀쩡히 살아 있었고, 중생들 사이에서 깨달음을 얻겠다며 소림을 떠난 상태였다.

그가 지금 소림에 있었다면 이렇듯 허무하게 혈교의 잔당들에게 밀리지는 않았을 터였다.

생사가 불분명하여 십이천에 포함되지는 않았으나, 망우야 말로 현 천하제일인이기 때문이다.

"이제 그만 끝내자!"

말이 끝남과 동시에 허공으로 날아오른 일 사령 척진

군이 거대한 핏빛 도강이 어린 도를 위에서 아래로 내려쳤다.

그에 질세라 나머지 사령들도 한꺼번에 나한진을 향해 달려들었다.

공지가 이를 악물고 공력을 끌어 올렸다.

자신이 피하게 되면 진을 이루고 있는 제자들이 척진군의 도강을 감당해야 한다.

어떻게 해서든 막아야 했다.

후우우우웅!

녹옥불장을 들어 올린 공지의 가사 자락이 터질듯이 부풀어 올랐다.

"하압!"

기합과 함께 척진군의 강력한 일격이 수직으로 떨어져 내렸다.

콰아아아아앙!

"크읍!"

폭음과 함께 공지가 신음을 흘리며 뒤로 주르륵 밀려났다.

우려했던 대로 공력을 최대한 끌어 올렸음에도 핏빛 도강에 밀린 것이다.

하지만 문제는 그것이 아니었다.

그가 척진군의 일격을 막아 내는 사이 나머지 사령들이 진을 이루고 있는 승려들을 덮친 것이다.

"크아악!"

"아악!"

공지가 없는 나한진은 전처럼 단단하지 못했다.

네 명의 사령들에 의해 진은 순식간에 무너져 내렸다.

그 뒤로는 싸움이라기보다는 살육에 가까운 상황이 이어졌다.

사령들은 양떼 사이에 뛰어든 늑대처럼 승려들을 도륙했다. 소림의 앞마당은 삽시간에 승려들의 피로 물들었다.

공지의 눈에 절망이 일었다.

'사숙, 부디 못난 사질이 지키지 못한 소림을 되살려 주십시오.'

머리 위로 떨어져 내리는 척진군의 도를 보며 공지는 눈을 감았다.

이렇게 소림은 혈교의 첫 번째 제물이 되었다.

7장
혈교

소림의 참사는 강호에 엄청난 폭풍을 몰고 왔다.

봉문도 아닌 사실상 멸문이었다.

소림을 지키던 승려들이 단 한 명을 빼고 모두 죽임을 당했기 때문이다.

그 한 명은 혈교가 자신들의 뜻을 세상에 알리기 위해 놓아 준 어린 무승이었다.

물론 외부에 있었던 승려들과 속가제자들이 남아 있기는 했으나, 대부분의 무승들과 고수들이 이번 사태로 사라졌기에 수많은 절기들과 전통을 다시 복구할 수 있을지 미지수였다.

무림을 더욱 경악하도록 만든 일은 바로 소림을 멸망

시킨 장본인이 바로 혈교라는 사실이었다.

혈교는 소림을 접수한 후 곧장 무림에 자신들이 돌아왔음을 공표했다.

또한 소림을 멸망시킨 것은 무림제패의 첫걸음에 불과함을 알렸다. 혈교는 무림을 제패하고 나아가 세상을 혈교의 천하로 만들 것임을 천명했다.

무림은 공포에 잠겼다.

혈교라는 이름은 곧 혈마와 연결된다.

백오십 년 가까이 지난 지금도 혈마와 혈교가 일으킨 혈사에 대한 공포는 잊히지 않고 있었다.

강호의 절반에 가까운 무림인이 목숨을 잃었고, 수를 헤아릴 수 없는 문파와 세가들이 멸문했다.

지금도 그 여파가 남아 본래의 전력을 회복하지 못한 문파들도 있었다.

그러한 혈교가 다시 나타난 것이다.

세가와 문파들은 혈교의 다음 표적이 될지 모른다는 사실에 두려움에 떨었다.

무림의 태산북두라 일컬어지는 소림마저 속절없이 무너졌는데, 누가 혈교를 막을 수 있단 말인가.

백오십 년 전의 참사가 다시 벌어지도록 할 수 없다는 위기감이 무림맹을 움직였다.

　　　　＊　　　　　＊　　　　　＊

　무림맹 의사청에는 각파의 장문인, 세가의 가주들이
모여 있었다.

　남궁진천이 무거운 얼굴로 대전에 모인 이들을 바라
봤다.

　"공지대사께서 혈교 무리에게 당하셨다는 말이 사실
입니까?"

　화산의 장문이자 화산제일검인 임혁군이 굳은 얼굴로
물었다.

　"그렇소. 방장이신 공지 대사님을 비롯해 소림의 제
자들이 어린 무승 하나를 빼고 모두 놈들에게 목숨을
잃었소이다."

　소림의 장로인 원목이 침통한 표정으로 말했다.

　그는 무림맹에 파견되어 있었기 때문에 화를 피할 수
있었다.

　하지만 살아남은 것이 그에게는 오히려 고통이자 죄
인이 된 심정이었다.

　그래도 그에게는 남아 있는 소림의 제자들을 규합해
다시 소림을 되살려야 하는 막중한 책임이 있었기에 마

음을 간신히 붙잡으며 버티고 있었다.

"소림의 참사에 진심으로 애도를 표하는 바입니다."

각문파와 세가의 수장들이 착잡하고 안타까운 마음으로 소림을 걱정했다.

혈교가 다시 발현한 이상 소림의 일은 이제 남의 일이 아니었다.

자신들도 언제 소림의 꼴이 되지 않으리란 법이 없었다.

"허허, 공지대사께서 당하시다니 대체 놈들의 무공이 얼마나 대단하기에……."

십이천 중에서도 다섯 손가락 안에 드는 공지였다.

그런 공지가 패했다는 것은 상대가 그 이상의 능력을 가지고 있다는 이야기였다.

"다들 소식을 들으셨듯이 놈들의 전력은 상상을 초월하고 있습니다. 생존자의 말에 따르면 공지대사를 상대한 자는 무려 일 장에 이르는 핏빛 도강을 시전 했다고 합니다. 게다가 천사교주는 움직이지도 않고 공지대사와 소림의 나한진을 순식간에 무너뜨렸다고 합니다."

무림맹 군사 제갈휘의 말에 대전에 모인 이들의 표정이 더욱 무거워졌다.

"혈교의 발호는 무림에게 있어서 큰 위기입니다. 해

서 이번 혈교를 토벌하기 위해서는 온 무림이 힘을 합해야 합니다."

제갈휘의 말에 모두 고개를 끄덕였다.

"혈교를 상대하기 위해 정도연합군을 결성하려 하오. 각 문파와 세가에서는 정예고수들을 선별해서 참가해 주시오. 당분간 맹과 정도무림의 모든 역량을 혈교와 맞서는 데 집중할 것이오."

남궁진천이 입을 열었다.

정도연합군은 어차피 당연한 수순이었기에 이의를 제기하는 이는 없었다.

"놈들의 전력이 여유를 둘 수 없을 만큼 강력하다는 사실을 다들 명심하고, 이번 정도연합군이 최고의 전력을 갖출 수 있도록 모두 신경 써 주기 바라오."

자신들의 전력을 보존하기 위해 형식적으로만 참여하는 문파나 세가들도 많았기에 남궁진천이 그것에 대해 미리 경고한 것이다.

"제반 사항에 대해서는 제갈 군사가 설명할 것이오."

남궁진천이 제갈휘를 바라보자 그가 앞으로 나섰다.

"일단 연합군은 무당에서 모이는 것으로 하겠습니다. 소림과 가깝기도 하고, 놈들이 호북이나 섬서로 넘어오려면 무당을 무시하고 지나칠 가능성은 없다고 보고 있기 때문입니다."

호북과 섬서에는 무당, 화산, 제갈세가, 종남, 공동파까지 무림의 내로라하는 세력이 버티고 있었다.

혈교의 행보가 이어질 곳이 섬서나 호북이 될 가능성이 높은 이유였다.

그중 소림에서 가장 가까운 곳이 무당이었다.

물론 제갈세가도 있었으나, 아무래도 무당보다는 그 무게감이 떨어졌다.

무당은 소림과 더불어 정도무림의 양대산맥으로 불리는 곳으로 도문의 수장과도 같은 곳이다.

최근 들어 화산이나 종남파의 성세가 만만치 않기는 하였으나, 아직은 무당에 비할 바가 아니었다.

혈교가 그런 무당을 놔둘 리 만무했다.

"거리가 가까운 문파들부터 서둘러 고수들을 보내 주십시오. 무당마저 뚫리게 되면 자칫 각개격파를 당할 수도 있으니 반드시 놈들을 무당에서 막아 내야 합니다."

제갈휘가 결의에 찬 눈으로 말했다.

"흥! 놈들에게 정도무림의 저력을 보여 줍시다! 우리 개방은 모든 역량을 동원해 이번 정도연합군을 도울 것이오!"

개방 방주 구천엽이 목소리를 높였다.

"화산 역시 내가 직접 고수들을 이끌고 참여하겠소!"

화산제일검이자 십이천의 한 명인 임혁군이 나서자 모두의 눈에 놀라움이 가득했다.

설마 장문인이 직접 나설 것이라고는 예상치 못했기 때문이다. 이렇게 되니 눈치를 살피던 다른 문파들도 잔머리를 굴릴 수 없게 되었다.

곧이어 종남, 공동 역시 각 문파의 최고 고수들을 지원하기로 약속했다.

"모두들 고맙소. 그대들이야말로 우리 정도무림을 지키는 기둥들이오! 그대들이 함께하는 이상 결코 백오십 년 전과 같은 참사는 벌어지지 않을 것이오! 모두 힘을 합해 악적들을 처단하여 무림의 평화를 되찾읍시다!"

남궁진천의 말에 모두 함성을 지르며 호응했다.

이렇게 혈교를 상대하기 위한 정도연합군이 결성되었다.

*   *   *

진운룡 일행은 아직 개봉에 머물고 있었다.

천사교주와 약속했던 시간이 열흘도 넘게 남아 있었기 때문이다.

"고, 공자님!"

구학이 호들갑을 떨며 진운룡이 머물고 있는 객잔으로 달려왔다.

"이놈이?"

적산이 눈을 부라리며 구학을 노려보자 얼른 구학이 몸을 움츠렸다.

"무슨 일인데 그리 소란이에요?"

소은설이 못마땅한 눈으로 구학을 바라봤다.

마침 세 사람은 점심 식사를 하고 있던 참이었기에 구학의 호들갑이 반가울 리 없었다.

"그, 그것이……."

슬쩍 적산의 눈치를 보던 구학이 조심스럽게 입을 열었다.

"소, 소림이 혈교라는 자들의 손에 멸문했다고 합니다."

"응?"

무표정하던 진운룡의 두 눈에 빛이 일었다.

"지금 혈교라 했느냐?"

"그, 그렇습니다."

진운룡이 눈살을 찌푸렸다.

그와 혈교는 악연으로 얽혀 있었다.

백오십 년 전 혈신대법 때문에 폭주한 진운룡은 혈교 본거지에 있던 이들을 남녀노소 가리지 않고 모두 죽였다.

아무리 악인들이라 하나, 노인과 여인, 심지어는 어린아이들까지 진운룡의 살수를 피할 수 없었다.

진운룡에게는 떠올리고 싶지 않은 기억이었다.

아마도 그때 외부에서 살아남은 혈교의 잔당들이 백 년이 넘게 은밀히 세력을 키운 것이리라.

어찌 보면 그들에게 진운룡은 철천지원수라 할 수 있었다.

"더 놀라운 것은 천사교가 바로 혈교였던 모양입니다."

"흥, 역시 놈들이 혈교의 잔당들이었군! 가만⋯⋯!"

적산이 무언가 생각난 듯 말했다.

"그렇다면 그 교주 놈이 주군을 소림사로 오라고 한 이유가⋯⋯."

다른 곳도 아니고 왜 하필 소림사에서 만나자고 한 것인지 이해가 되지 않던 터였다.

그것도 천사교라는 사이비 종교의 교주가 불교의 본

산과도 같은 소림에서 만나자니 당연히 의아한 일이었다.

하지만 이제야 그 이유가 밝혀졌다.

놈들은 애초부터 소림을 칠 계획이었던 것이다.

"만나기로 한 날까지 열하루가 남았는데……."

소은설이 진운룡의 눈치를 살피며 중얼거렸다.

"주군, 차라리 이참에 먼저 쳐들어가는 것이 낫지 않겠소? 시간에 여유를 둔 것을 보면 아마 무슨 함정을 파고 기다리려는 것 같은데, 그 여우같은 놈들이 수를 쓰기 전에 미리 쳐들어가는 편이 우리한테 유리하지 않겠소?"

적산의 말에 구학도 고개를 끄덕였다.

"어차피 지금 출발해도 닷새는 걸린다. 그 시간이면 놈들이 무얼 생각하고 있든 준비할 시간은 충분하지. 일찍 움직이는 것은 큰 의미가 없어."

진운룡의 말에 적산이 눈살을 찌푸렸다.

맞는 말이긴 했으나, 혈교 놈들이 하라는 대로 움직이는 것이 그다지 마음에 들지 않았던 것이다.

"그리고 난 함정 따위를 피하는 사람이 아니다."

진운룡의 말에 적산의 입가에 씨익 미소가 걸렸다.

"크크크, 역시 주군답소! 하기야 그깟 놈들이 함정을

파 봐야 다 때려 부수면 그만이지 않소? 크하하하하!"

매우 통쾌하다는 듯 적산이 시원하게 웃어 젖혔다.

"소, 소림을 작살낸 놈들인데……."

구학이 불안한 얼굴로 말했다.

아무리 진운룡이 강하다고는 해도 상대는 천하의 소림을 괴멸시킨 자들이었다.

게다가 진운룡은 혼자에, 그들은 수많은 고수들을 보유하고 있다.

"감히 지금 네놈이 주군을 의심하는 것이냐?"

적산이 눈을 부라렸다.

"그, 그게 아니라……."

구학이 얼른 말꼬리를 흐렸다.

"걱정 말거라! 그깟 놈들 아무리 떼로 몰려와도 주군의 옷깃도 건드리지 못할 것이다! 크하하하!"

적산은 마치 자신이 진운룡이라도 된 듯 가슴을 두드리며 호탕하게 웃었다.

그 모습을 보고는 소은설과 구학이 고개를 절레절레 흔들었다.

*   *   *

동창제독 육환과 황사 도중문이 마주하고 있었다.

그런데 놀랍게도 동창제독인 육환이 도중문에게 고개를 조아리고 있었다.

동창제독이라면 날아가는 새도 떨어뜨린다는 일인지하 만인지상의 위치에 있는 이였다.

현 조정에서 황제가 아닌 이상 그 누가 감히 그의 고개를 조아리게 할 수 있단 말인가.

"혈교라고?"

도중문이 게슴츠레한 눈으로 물었다.

"그렇습니다."

"혈교라면 혈마의 잔당들인가?"

"그렇습니다. 게다가 놈들은 혈신대법을 받고 피의 권능을 사용하고 있습니다."

도중문의 두 눈에 이체가 일었다.

"놈들이 혈신대법을?"

"아마도 혈마에게 얻은 것이겠지요."

도중문이 고개를 끄덕였다.

"이대로 지켜보실 것입니까?"

육환이 조심스럽게 물었다.

도중환이 잠시 생각에 잠겼다.

그의 표정에서는 아무것도 읽을 수가 없었다.

"일단 무림맹의 대응을 지켜보도록 하지……."

한참이 지나서야 도중문의 입이 열렸다.

"하지만 만일을 대비해 천혈단(天血團)을 준비시키도록 해라."

육환이 놀란 얼굴로 도중문을 올려다봤다.

"처, 천혈단을 말입니까?"

"어차피 무림이란 족속들은 새로운 세상을 열기 전에 모두 쓸어버려야 할 쓰레기들이 아니더냐. 놈들이 서로 물어뜯고 상처를 입으면 그때 모두 정리할 것이다."

도중문의 두 눈에 서늘한 한기가 일었다.

"존명!"

부복한 채 읍을 하는 육환의 몸이 가늘게 떨렸다.

*　　　　　*　　　　　*

무당파 삼청전.

무림맹주 남궁진천을 비롯해, 홍무생, 무당신검 태허진인, 화산파 장문 임혁군, 공동파 제일 고수인 진율, 종남파의 종리벽 등 이름만 들어도 강호가 술렁일 만한 인물들이 자리하고 있었다.

이들 모두 혈교의 발호를 막기 위해 모인 것이다.

"혈교의 움직임은 어떻습니까?"

임혁군의 물음에 개방의 방주 구천엽이 답했다.

"아직 아무런 움직임도 없습니다. 그날 이후로 계속 놈들은 소림사에 틀어박혀 있는 중이지요."

"대체 놈들의 속셈이 뭔지 모르겠군."

홍무생이 미간을 찌푸리며 말했다.

소림을 무참히 짓밟고 강호를 자신들의 발아래 두겠다고 공표한 그들이 아무런 움직임도 보이고 있지 않으니 그 이유를 도무지 알 수가 없었다.

"놈들이 움직임을 보여야 우리도 그에 대응책을 마련할 것인데……. 이렇게 가만히 지켜만 볼 수도 없고……."

종남제일검 종리벽이 답답한 얼굴로 수염을 쓸어내렸다.

지금 무당에는 종남, 공동, 화산, 개방, 제갈세가의 고수들이 집결해 있는 상태였다.

아직 도착하지 않은 문파의 전력도 많지만, 지금 전력만으로도 마음만 먹으면 얼마든지 혈교를 상대할 수 있다고 모두 자신하고 있었다.

그도 그럴 것이 정도 제일 고수인 남궁진천을 비롯해 십이천만 무려 다섯 명이 있었고, 화경이 넘은 고수의 숫자도 열 명을 훌쩍 넘기고 있었다.

아무리 혈교가 강력한 전력을 보유하고 있다고 해도 결코 모자랄 것이라는 생각은 들지 않았다.

"그런데 요즘 한 가지 묘한 소문이 돌고 있습니다."

구천엽이 무언가 찝찝한 표정으로 입을 열었다.

"무슨 소문?"

홍무생이 조금은 못마땅한 얼굴로 물었다.

당장에 혈교를 어떻게 상대하느냐가 시급한 마당에 갑자기 무슨 소문이란 말인가.

"그게⋯⋯."

잠시 망설이던 구천엽이 어렵게 입을 열었다.

"혈룡이 혈교를 치러 소림으로 향하고 있다는⋯⋯."

구천엽이 말끝을 흐렸다.

"혈룡?"

남궁진천의 물음에 홍무생이 눈살을 찌푸렸다.

"요즘 무림인들이 진운룡 그자를 혈룡이라 부른다네."

"진운룡!"

남궁진천의 얼굴이 딱딱하게 굳었다.

진운룡은 그에게 있어서 결코 용서할 수 없는 존재였다.

자신이 가장 아끼던 손자를 죽이고 남궁세가의 이름에 흠집을 낸 자.

그런 자를 가만히 놔둔다면 남궁세가의 위명은 땅에 떨어질 것이고 다른 가문과 문파들이 기어오를 빌미를 주게 될 것이다.

하지만 갑자기 혈교가 발호하는 바람에 진운룡에 대한 처리를 미루고 있던 터였다.

한데 이곳에서 진운룡의 이름을 듣게 되니 다시 화가 밀려 올라왔던 것이다.

"대체 누가 그런 소문을……?"

홍무생이 눈살을 찌푸리며 말했다.

"한데 그 소문이 사실입니까?"

공동파의 고수 진율이 물었다.

그가 알기로 진운룡이라면 홍무생과 당요를 혼자서 상대한 초극의 고수였다.

만일 소문이 사실이라면 혈교의 만행을 막을 수 있는 가장 유력한 존재가 그였다.

"소문의 근거지가 하오문인 것으로 보아 사실일 가능성이 높습니다. 조사한 바에 의하면 하오문과 진운룡은 상당히 밀접한 관계를 맺고 있는 것으로 드러났기 때문입니다. 게다가 얼마 전 개방에서 확인한 결과도 진운룡이 개봉을 나서서 숭산을 향해 움직였다는 것입니다. 그자는 현재 정주에서 움직임을 멈춘 상태입니다."

구천엽의 말에 진율이 눈을 빛냈다.

"그렇다면 잘된 일 아닙니까? 그자의 실력이 보통이 아니라 들었습니다. 그자가 혈교를 물리칠 수도 있지 않겠습니까? 아니지, 아무래도 혼자라면 위험할 수도 있으니 이참에 우리도 그자와 호응해서 함께 혈교를 소탕하는 것이 낫지 않겠습니까?"

"어허! 진율진인께서는 무슨 소리를 하는 겝니까!"

모용가의 가주 모용기중이 목에 핏대를 올리며 나섰다.

"그자는 무림의 질서를 어지럽히고 무도한 행위를 일삼는 자입니다! 정도의 올바른 법을 따르지 않을뿐더러 심지어는 개방의 수많은 제자들에게 상처를 입혔습니다! 아무리 지금 상황이 위태롭다 하나 그런 근본이 없는 자와 어찌 우리 무림맹이 손을 잡을 수 있단 말입니까!"

"하지만 지금은 그런 사사로운 감정을 따질 때가 아니지 않습니까. 백오십 년 전 혈교가 나타났을 때는 마교와도 손을 잡았는데, 진운룡이라는 자는 아직 정사마가 확실히 가려진 상태도 아니지 않습니까?"

진율이 답답하다는 듯 말했다.

"지금 진율진인께서는 정도연합군이 마교의 힘을 빌려야 할 만큼 전력이 보잘것없다는 말입니까?"

모용기중이 지지 않고 목소리를 높였다.

"어허, 왜들 이러는 것이오? 지금 우리끼리 싸울 때가 아니지 않습니까. 잠시 진정들 하시지요."

임혁군이 두 사람을 말렸다.

모용기중과 진율은 헛기침을 하며 물러섰다.

그때 종남파의 고수이자 십이천의 일인인 종리벽이 조심스럽게 입을 열었다.

"흠, 어쨌든 진운룡 그자가 소림으로 향하는 것은 사실이란 말인데, 우리는 지켜만 보고 있을 것입니까?"

모두의 표정에 난감함이 일었다.

"풍신께서 계시는데 이런 말씀을 드리기 죄송합니다만, 아시다시피 그자는 풍신과 독황 두 분을 한꺼번에 꺾은 고수입니다. 만일 그자가 혈교 무리를 물리치고 소림을 되찾는다면⋯⋯."

"크흠⋯⋯."

대전에 모인 고수들이 눈살을 찌푸렸다.

그것은 생각도 하기 싫은 최악의 결과였다.

강호인들이 보기엔 무림맹이 혈교가 두려워 무당에서

꼬리를 말고 있는 동안 진운룡이 혼자서 소림을 구해낸 모양새가 되기 때문이다.

진운룡은 강호인들의 칭송을 받을 것이고, 무림맹은 강호인들에게 웃음거리가 될 것이다.

"이래서야 우리도 가만히 있을 수는 없지 않소이까?"

종리벽의 말에 모두 고개를 끄덕였다.

"까짓것 우리가 그자보다 먼저 혈교를 칩시다!"

모용기중이 눈을 빛내며 말했다.

"지금 우리 전력이라면 못할 것도 없지 않습니까?"

"하기야 지금 이곳에 계신 분들만으로도 혈교의 잔당들을 충분히 상대하고도 남지요."

구천엽이 모용기중의 말에 동의했다.

"하지만 무턱대고 쳐들어가는 것은……."

무당신검 태허진인이 고개를 절레절레 저었다.

혈교의 아가리로 무턱대고 걸어 들어가는 것은 어리석은 일이었다.

자칫 놈들이 파 놓은 함정에 빠질 수도 있었다.

"그러니 더욱 빨리 움직이는 것이 좋다는 것입니다. 놈들에게 시간을 주면 줄수록 그만큼 대비를 완벽하게 할 것이 아닙니까? 예서 소림까지는 빠르게 움직이면

닷새면 도착할 수 있는 거리입니다. 게다가 우리에게는 원목 스님이 있지 않습니까? 소림과 숭산의 지리에 대해서는 혈교놈들 보다 훨씬 이점이 있소이다."

모용기중의 말도 일리가 있었다.

혈교에서 소림을 접수했다고는 하나, 열흘 만에 소림과 숭산의 모든 지형과 길들을 파악하기는 쉽지 않았다.

"사실 사찰 내로 들어갈 수 있는 몇 곳의 비밀통로가 있기는 합니다."

원목이 고개를 끄덕이며 말했다.

"그게 사실이오?"

조용히 지켜보던 남궁진천이 눈을 빛내며 물었다.

"그렇습니다. 소림 금지 중에 은자림이 있는데 그곳에는 예전부터 전대의 고승들이 머물던 곳이지요. 아쉽게도 지금은 머물고 계신 분들이 없습니다만, 그곳으로 통하는 비밀통로는 아직도 그대로 있습니다. 게다가 진으로 보호받고 있어서 혈교의 잔당들도 절대 찾지 못할 것입니다."

소림의 은자림은 강호에도 많이 알려져 있는 곳이었다.

예부터 은거한 고승들이 머무는 곳으로 일반인을 물

론 소림 제자들도 허락을 받지 못하면 출입할 수 없는 금지였다.

뿐만 아니라 강력한 진이 펼쳐져 있어서 진의 생문을 알지 못하면 누구도 출입할 수 없었다.

"한데 왜 은자림에 전대 고승이 한 분도 안 계신 것이오?"

구천엽이 의아한 얼굴로 물었다.

은자림이야말로 소림의 참된 힘이었다.

강호에 알려지지 않은 숨은 고수들이 득실거리는 곳이 바로 그곳이었다.

한데 원목의 말에 의하면 지금은 아무도 없는 듯했다.

"휴……."

원목이 한숨을 내쉬었다.

"이야기를 하자면 깁니다만, 간단히 말하자면 망우 사조께서 모두 끌고 나가셨지요. 은자림에서 편하게 부처놀음이나 하느니 세상에 나가 도탄에 빠진 중생들을 하나라도 더 구하는 것이 낫다며……."

모두의 눈이 휘둥그레졌다.

"망우선사께서요?"

"허…… 그런 일이."

"어찌 보면 그나마 다행입니다. 은자림에 계시던 고승들이 지금 세상 어딘가에 살아 계시다면, 소림을 되살리는 것도 생각보다 쉽지 않겠습니까?"

종리벽의 말에 원목이 조금은 희망이 어린 얼굴로 대답했다.

"그렇습니다. 그분들이야말로 소림의 살아 있는 역사와도 같으니까요."

"어쨌든 은자림을 통해서 소림으로 들어갈 수 있다는 말이군요."

구천엽의 말에 원목이 고개를 끄덕였다.

"제가 은자림과 진을 통과할 수 있는 길을 알고 있습니다."

"맹주님, 비밀통로를 이용해 소림에 몰래 잠입할 수 있다면 우리에게 승산이 있지 않겠습니까?"

모용기중이 눈을 빛내며 말했다.

남궁진천은 고민에 빠졌다.

태허 진인의 말대로 무턱대고 혈교가 기다리는 숭산으로 들어가는 것은 어리석은 일임에 분명했다.

하지만 비밀통로가 있다면 이야기가 달랐다.

비밀통로를 이용하면 오히려 정도연합군이 혈교를 기습할 수 있었기 때문이다.

게다가 진운룡의 존재가 그의 마음을 더 흔들어 놓았다.

'놈에게 선수를 빼앗길 수는 없지!'

진운룡이 먼저 혈교를 치도록 내버려 둘 수는 없었다.

결심이 선 남궁진천이 굳은 얼굴로 입을 열었다.

"좋소. 여러분들의 뜻이 그러하다면 우리가 먼저 혈교를 치도록 합시다!"

"하하하! 잘 생각하셨습니다!"

"놈들에게 뜨거운 맛을 보여 줍시다!"

대전에 모인 고수들이 상기된 얼굴로 저마다 한 마디씩 했다.

그들은 혈교를 치고 소림을 구해 내는 것은 이미 확정된 것이나 마찬가지라고 생각했다.

"그럼 내일 바로 출진하도록 할 터이니 모두 그에 맞춰서 미리 준비해 주시오."

남궁진천은 회의를 파하고 다음 날 출진을 준비하기 위해 제갈휘와 함께 자신의 숙소로 향했다.

*　　　　　*　　　　　*

한편, 진운룡 일행은 정주에 머물고 있었다.

천사교주와 만나기로 한 날이 아직 여유가 있었기에 정주에서 며칠 쉬고 가기로 한 것이다.

"곽지량은 왜 시키지도 않은 짓을 벌인 것이냐?"

진운룡이 눈살을 찌푸리며 말했다.

강호에 떠돌고 있는 '혈룡이 혈교를 치러 소림으로 향하고 있다'는 소문은 곽지량의 작품이었다.

"공자님, 그게 다 문주님께서 공자님을 위해 일부러 손을 쓰신 것입니다. 공자님을 위하는 저희 사부님의 깊은 뜻이 담겨 있지요!"

구학이 의기양양한 얼굴로 말을 이었다.

"이놈이?!"

적산이 눈을 부릅뜨고 으름장을 놨음에도 구학의 표정은 변함이 없었다.

"에헤, 생각을 해 보십시오. 공자님께서 혈교 놈들을 박살 낼 거라는 사실에는 저도 이의가 없지만, 굳이 그 떼거리 놈들을 모조리 상대할 필요가 있겠습니까?"

무슨 소리냐는 듯 적산이 구학을 노려봤다.

"거기에 우리 사부님, 아니, 문주님의 깊은 뜻이 담겨 있다는 것입니다요! 이제 공자님이 혈교를 친다고 소문을 냈으니 무림맹에서는 어떻게 생각하겠습니까?"

적산이 무슨 소리냐는 표정으로 눈을 껌뻑였다.

"에휴……."

한숨을 내쉰 구학이 말을 이었다.

"만일 공자님이 숭산으로 가서 혈교 놈들을 싸그리 물리치고 소림을 구해 낸다면 무림맹은 어찌 되겠습니까?"

"뭘 어찌 돼? 어차피 그놈들이야 손가락이나 빨면서 구경이나 하라지!"

"무림맹의 입장이 난처해지겠군요?"

소은설의 말에 구학이 손뻑을 쳤다.

"그렇지! 무림맹이 생긴 목적이 바로 정도무림을 수호하고 강호의 위기에 공동으로 대처하기 위해서가 아니겠습니까? 한데 이번 혈교 놈들이 바로 무림맹이 나서야 할 그런 일이란 말입니다. 그런데 그 일을 공자님께서 해 버리게 되면 강호인들이 무림맹을 어떻게 생각하겠습니까? 일단, 공자님이 소림을 구할 동안 무림맹은 무엇을 했냐고 성토할 것이 분명하지요. 그리고 구파일방과 오대세가가 중심이 된 현 무림맹에 대해 반감이 있는 자들은 이때다 하고 꼬투리를 잡으려 할 것입니다. 한 마디로 무림맹의 위신이 땅에 떨어지게 된다이 말입니다."

"흥! 무림맹의 위신 따위야 떨어지든 말든 무슨 상관이냐?"

적산의 말에 구학이 씨익 웃었다.

"후후, 여기서부터가 재밌는 대목입니다요! 무림맹에서 자신들의 위신이 땅에 떨어지도록 보고만 있을 리가 있겠습니까?"

"그들이 먼저 움직이겠군요!"

소은설이 눈을 빛냈다.

"후후, 그렇지. 움직이지 않을 수 없지. 공자님보다 먼저 소림을 구해 내야 명목이 서니까 말이야."

잠시 의기양양한 눈빛으로 진운룡을 힐끔거린 구학이 말을 이었다.

"그래서 이게 바로 스승님의 기쁜 뜻이 담겨 있다는 것입니다. 무림맹이 먼저 혈교를 치면 그만큼 공자님의 수고도 덜지 않겠습니까? 공자님께서는 기다리시다가 무림맹과 혈교 놈들이 피 터지게 싸울 때 그 교주라는 놈만 잡으시면 되는 것입니다요! 어떻습니까?"

제 딴에는 꽤 그럴듯한 설명이라고 생각한 듯 구학의 얼굴에는 자신만만한 미소가 걸려 있었다.

마치 착한 일을 하고 칭찬을 기다리는 아이 같았다.

"쓸데없는 일을 벌였군."

하지만 구학이 기대한 것과는 달리 진운룡의 반응은 시큰둥했다.

진운룡으로서는 많은 이들의 관심을 받게 되는 것이 그다지 마음에 들지 않았다.

남들 입에 오르내리는 것도 싫었고, 그로 인해 발생하게 될 번거로움 역시 싫었기 때문이다.

"크흠…… 어쨌든 놈들이 함정을 파 놓았다 해도 정도연합군이 먼저 걸려들 테니 그만큼 공자님께서는 편하게 움직이실 수 있을 것입니다. 쩝."

구학이 겸연쩍은 표정으로 말했다.

"한데 혹시라도 무림맹에서 그 교주라는 놈을 죽이면 안 되지 않느냐?"

적산의 말에 답답하다는 듯 혀를 찼다.

"그래서 제가 말씀 드리지 않았습니까? 무림맹이 혈교를 칠 때 공자님께서는 뒤따라가 교주라는 놈만 잡으면 된다고. 그리고 사실 혈교는 정도연합군에게 쉽게 당할 만큼 만만한 자들이 아닙니다. 소림을 순식간에 쓸어버린 것을 보면 아시지 않습니까?"

구학이 신이 나서 이야기를 하다 문득 느껴지는 서늘한 기운에 움찔했다.

"근데, 네놈이 좀 대가리가 큰 것 같다? 지금 날 보고 혀를 찼느냐?"

어느새 적산이 살벌한 눈으로 구학을 노려보고 있었다.

"아, 아니, 그게 아니고, 저, 적 공자님! 아, 아니, 주인님 제, 제가 잠깐 돌았나 봅니다!"

찔끔한 구학이 얼른 고개를 조아리며 적산에게 용서를 빌었다.

"흥!"

마음에 들지 않는다는 듯 코웃음을 친 적산이 시선을 돌려 진운룡에게로 향했다.

"주군, 그렇다면 우리도 숭산 근처에 미리 가 있어야 하지 않겠소?"

무림맹이 언제 움직일지 모르는 상황이었다.

그 틈을 노려 천사교주를 잡으려면 미리 가서 기다리고 있는 편이 안전했다.

"귀찮게 됐군."

진운룡이 눈살을 찌푸리며 고개를 끄덕였다.

천사교주는 피의 저주를 풀 중요한 실마리였다.

진운룡으로서는 기회를 놓칠 수 없었다.

"내일 아침 바로 출발하도록 하지."

"존명!"

적산은 상기된 얼굴로 고개를 숙였다.

다음 날 아침 진운룡 일행은 서둘러 숭산으로 걸음을 옮겼다.

8장
정도연합군

정도연합군은 무척 조심스럽게 움직였다.

고수들만 추려서 오백의 인원이 열 명씩 갈라져 따로 움직여 등봉현 외곽 숭산 초입에서 집결했다.

혈교에서 미리 대비하지 못하도록 하기 위해서였다.

그들이 집결한 곳은 숭산에서도 우측 바위 절벽이 마치 비늘처럼 겹겹이 층을 이루고 있는 곳이었다.

매우 험난해서 어지간한 사람들은 감히 오르내릴 생각조차 못할 듯했다.

"이곳이오? 비밀통로의 입구가?"

남궁진천이 원목에게 물었다.

"그렇습니다. 자세히 보시면 절벽 중턱에 오목하게

들어간 곳이 보이실 것입니다. 그곳에 기관이 설치되어 있습니다."

사람들의 시선이 원목이 가리킨 곳을 향했다.

얼핏 보아선 아무런 특이점도 없었다.

하지만 자세히 살피면 다른 곳에 비해 안쪽으로 움푹 들어가 있음을 알 수 있었다.

"혈교 놈들의 동향은 어떻소?"

남궁진천이 개방 방주 구천엽에게 물었다.

"다행히도 아직은 우리의 움직임을 알아채지 못하고 있습니다. 주변에 수상한 움직임 또한 없었습니다."

남궁진천이 고개를 끄덕였다.

이곳까지 오는 동안 각별히 조심했다.

관도를 피해 숲이나 산길로만 움직였으며 사람이 없는 곳만을 골라 이동했다.

특히 혈교의 정찰대나 교인들의 시선에 뜨이지 않도록 주의했기에 이곳까지 들키지 않고 올 수 있었던 것이다.

"하지만 숭산 근처는 놈들이 장악한 상태이니, 아무래도 곧 우리의 움직임이 드러나게 될 것입니다."

"그렇겠지. 하면 서둘러야겠군. 원목대사께서 앞장서 주시오."

"따라오시지요."

원목이 먼저 절벽으로 올랐다.

마치 평지를 걷듯 거침없이 위로 올라갔다.

정도연합군이 그 뒤를 바싹 쫓았다.

오백의 무인들 중 고수가 아닌 이들이 없었기에 절벽은 아무런 장애도 되지 않았다.

그들은 순식간에 원목이 이야기했던 절벽 중턱에 도착했다.

마치 박쥐들이 동굴 천장에 붙어 있는 것처럼 오백의 정도연합군이 절벽에 바싹 몸을 붙이고 있는 모습은 일반인이 보면 놀라 자지러질 광경이었다.

원목에 오목하게 들어간 부분에 팔을 집어넣어 무언가 건드리자 갑자기 기관음이 들려오며 절벽 안쪽으로 꺼지기 시작했다.

그으으으웅!

곧이어 그곳에는 사람 한 명이 드나들 정도의 구멍이 생겨났다.

"따라오시지요."

원목이 안쪽으로 몸을 날렸다.

정도연합군 일행은 남궁진천을 필두로 한 명씩 차례로 비밀통로의 입구로 들어섰다.

화악!

기름 냄새와 함께 통로가 환하게 밝혀졌다.

아마도 사람이 들어서면 저절로 횃불이 켜지도록 만들어진 듯했다.

입구와 달리 비밀통로는 제법 넓이가 있어서 대여섯 사람이 동시에 움직일 수 있을 정도로 넉넉했다.

하지만 그 끝이 보이지 않는 것을 보니 길이가 꽤 되는 모양이었다.

"길이 직선이 아니라 일각 정도는 움직여야 은자림에 도달할 수 있을 것입니다."

원목이 앞서 걸으며 말했다.

고수들의 걸음으로도 일각이 걸릴 정도라면 비밀통로의 규모가 상상 이상이라는 이야기였다.

이리저리 꺾인 길을 따라 일각 정도 걷자 원목의 말대로 출구가 나타났다.

출구는 막다른 지점 천장에 있었는데, 얼핏 보아도 상당히 두껍고 무거워 보이는 석문이었다.

"다 왔습니다. 이제 출구로 나가면 은자림입니다. 혈교 놈들이 머물고 있는 본전 뒤쪽이지요. 아마도 놈들은 우리가 은자림을 나서는 순간 매우 당황할 것입니다."

원목의 두 눈에 한기가 일었다.

혈교에게 죽임을 당한 동문들과 소림 제자들을 생각하니 가슴이 아프고 분노가 일었다.

"어서 놈들을 끝장내러 갑시다!"

"혈교 놈들의 목을 쳐서 억울하게 희생된 소림의 승려들에게 바칩시다!"

정도연합군 고수들이 흥분된 얼굴로 남궁진천을 재촉했다.

"좋소! 모두들 조심하시오, 놈들의 실력이 만만치 않으니. 아무리 기습이라 해도 쉽지 않은 싸움이 될 것이오. 내가 앞장설 것이니 뒤를 따르시오!"

남궁진천과 원목이 앞장서고 그 뒤를 따라 정도연합군의 고수들이 비밀통로를 빠져나갔다.

＊　　　　　　＊　　　　　　＊

"교주님. 진운룡 그자가 등봉현에 나타났다 합니다."

"호오…… 그래?"

일 사령 척진군의 보고에 혈교주의 두 눈에 이채가 일었다.

"몇 명이나 데리고 왔더냐?"

"그것이…… 여인 하나와 사내 둘이 함께 하고 있습니다만, 그중 사내 하나만 빼고는 무공이 형편없는 자들입니다."

"하하하! 그게 진정 사실이더냐? 참으로 재밌는 자가 아니더냐?"

무엇이 그리 유쾌한지 교주가 광소를 터뜨렸다.

"일말의 망설임도 없이 호랑이굴로 걸어 들어오다니…… 그것도 겨우 그 인원으로 말이지. 정말 대단한 자신감이야. 왠지 그 녀석이 마음에 들기 시작하는구나, 하하하."

자신이 직접 찾아오라 하긴 했으나, 설마 이토록 당당하게 등봉현으로 걸어 들어올 것이라고는 예상치 못한 일이었다.

최소한 몰래 침입을 한다든지, 아니면 지원 세력과 함께 올 것이라 여겼다.

한데 그의 예상은 보기 좋게 빗나가고 만 것이다.

"그렇다면 아마도 정문으로 당당히 걸어 들어오겠군! 크하하하! 정말 마음에 들어."

한동안 호쾌한 웃음을 터뜨리던 교주가 갑자기 웃음을 멈췄다.

"응?"

"무슨 일이십니까?"

척진군이 의아한 얼굴로 물었다.

"쥐새끼들이 숨어들었구나."

교주의 입가에 비릿한 미소가 일었다.

그에 감각에 수상한 움직임이 잡혔던 것이다.

척진군의 얼굴이 딱딱하게 굳었다.

"감히 누가 숨어들었단 말씀입니까?"

"글쎄…… 약 오백 명 정도. 꽤 실력들이 있는 놈들이로구나. 은자림 쪽이군."

"은자림이라면…… 소림의 고승들이 있는 곳인데. 하지만 그자들은 오 년 전에 모두 소림을 떠나지 않았습니까?"

"그렇지. 어떤 놈들인지 어디 그 낯짝 한 번 확인하러 가 볼까."

즐거운 듯 미소를 머금은 교주가 자리를 박차고 일어섰다.

*   *   *

"제가 움직이는 곳으로만 그대로 따라오십시오. 제 족적(足跡)을 잘 보시고 똑같이 밟으셔야 합니다."

몇 번이고 신신당부를 한 원목이 조심스럽게 걸음을 옮겼다.

은자림은 천고의 절진으로 둘러싸여 있었다.

전해 오기로는 이대조인 혜가에 의해 만들어진 진법이라는 이야기도 있었다.

정신을 바짝 차리지 않으면 언제 진법에 휩쓸려 버릴지 알 수 없었기에 과하다 싶을 정도로 주의를 준 것이다.

다행히도 일행은 진을 빠져나갈 동안 한 사람도 실수를 하지 않고 원목의 뒤를 잘 따라왔다.

"드디어 출구입니다. 모두 준비하십시오."

출구라는 원목의 말에 모두의 얼굴에 긴장이 어렸다.

이제 이곳을 나가면 바로 혈교와 결전을 벌이게 되는 것이다.

일행들은 공력을 끌어 올리며 결의를 다졌다.

"갑시다!"

남궁진천의 명이 떨어짐과 동시에 오백의 무사가 은자림을 빠져나왔다.

"엇! 누구냐!"

번을 서던 혈교의 무사들이 놀라 소리쳤다.

마침 은자림 쪽에는 무사들의 숫자도 적었다.

설마 그쪽으로 누군가 오리라고는 전혀 예상치 못했기 때문이다.

"죽어라!"

퍽! 퍼억!

"커헉!"

"크윽!"

정도연합의 고수들은 섬전처럼 혈교의 무사들을 덮쳤다.

오백의 무사들이 모두 최소한 절정을 넘어선 고수였기에 채 스무 명도 되지 않는 혈교의 경계 무사들이 당해 낼 수 있을 리가 없었다.

눈 깜짝할 사이에 혈교의 무사들은 피를 흘리며 바닥에 쓰러졌다.

첫 접전에서 너무도 쉽게 혈교 무사들을 해치우자 정도연합군은 기세가 올랐다.

"이대로 모두 쓸어버립시다!"

잔뜩 들뜬 목소리로 모용기중이 소리쳤다.

"혈교의 악적들에게 정의의 심판을 내립시다!"

다소 낯 뜨거운 구호를 외치며 당문의 가주 당환이 모용기중과 함께 소림 경내로 몸을 날렸다.

퍼억!

"크윽!"

하지만 둔탁한 타격음과 함께 당환이 달려가던 기세 그대로 피를 뿌리며 뒤로 튕겨 날아왔다.

"이것 봐라? 정파 나부랭이들이 개구멍으로 쥐새끼 처럼 숨어들었구나?"

목소리가 들려온 곳에는 은으로 만든 도깨비가면을 쓴 자가 거대한 도를 든 채 서 있었다.

그 뒤로 화려한 금관을 머리에 쓴 중년인이 비릿한 미소를 머금은 채 정도연합군을 응시하고 있었다.

"이거 의외로군. 남궁진천, 그대가 직접 찾아올 줄은 상상도 못했어. 이럴 줄 알았다면 미리 준비라도 하는 것인데 말이야. 대접이 소홀함을 사과하지. 대신 그대 들을 고통 없이 보내 주도록 하겠네."

"네놈이 혈교의 수괴로구나!"

남궁진천이 굳은 얼굴로 말했다.

자신들이 숨어든 사실을 알아차렸다는 것은 상대의 경지가 생각보다 높다는 이야기였다.

남궁진천으로서도 혈교주의 정확한 능력을 파악할 수 없었다. 그것은 곧 상대가 최소한 남궁진천과 비슷한 실력자라는 것을 뜻했다.

'만만치 않겠군.'

어느새 교주 주위에는 수를 헤아릴 수 없는 혈교의 무사들이 진을 치고 있었다.

기습은 결국 의미가 없어진 것이다.

그중에서도 기괴한 모습을 한 일곱 남녀의 경지는 십이천에게 결코 떨어지지 않았다.

"흥! 어차피 놈들의 함정을 피하기 위해 기습을 한 것이지, 놈들이 두려워서는 아니지 않소? 모두 저 악적들을 쓸어버립시다!"

"맞소!"

"옳소이다!"

구천엽의 말에 정도연합군 무사들이 호응했다.

"용기가 가상하구나! 그럼 상을 내려야지. 놈들에게 피의 축복을 내려 주거라!"

교주의 명과 함께 사령들을 필두로 혈교의 무사들이 정도연합군을 향해 돌진했다.

"오라!"

여유 있는 미소를 머금고 교주가 남궁진천을 향해 말했다.

남궁진천 역시 그를 상대할 수 있는 이가 자신밖에 없음을 잘 알고 있었다.

"어디, 네놈의 실력이 얼마나 대단한지 보자!"

남궁진천은 처음부터 검을 뽑아 들었다.

그만큼 상대에 대해 경각심을 느끼고 있다는 이야기였다.

그의 검에서 일 장이 넘는 검강이 솟아올랐다.

스윽.

순간 남궁진천의 신형이 혈교 교주를 향해 길게 늘어났다.

번쩍!

섬광이 번뜩이며 교주의 신형이 반으로 갈라졌다.

남궁진천의 일검이 어느새 교주의 몸을 수직으로 가른 것이다.

하지만 남궁진천의 표정은 조금도 변하지 않았다.

이번 일검이 결코 교주를 베지 못했다는 사실을 잘 알고 있었기 때문이다.

"역시 대단한 솜씨로구나."

남궁진천의 머리 위 허공에서 교주의 목소리가 들려왔다.

남궁진천은 지체하지 않고 몸을 한 바퀴 뒤집으며 허공을 베었다. 그 움직임이 너무도 빠르고 자연스러워 애초에 처음 내려친 일검이 그대로 연결된 하나의 초식인 듯 보일 정도였다.

쩌엉!

하지만 교주는 너무도 쉽게 남궁진천의 검을 막아 냈다.

"이번엔 내 차례다."

어느새 교주의 오른손에는 한 자루 섭선이 들려 있었다.

교주가 섭선을 펼쳐 냄과 동시에 다섯 빛줄기가 남궁진천의 요혈을 노렸다.

"흥!"

하지만 남궁진천 역시 이미 현경을 훌쩍 넘어선 차원이 다른 고수였다.

그의 몸이 흐릿해지는가 싶더니 마치 강을 거슬러 오르는 물고기처럼 유유히 빛줄기 사이를 빠져나갔다.

"하압!"

그때, 기합성과 함께 남궁진천의 검이 눈부신 황금빛으로 물들었다.

"제왕검형!"

두 사람의 싸움을 지켜보던 누군가의 입에서 탄성이 터져 나왔다.

남궁세가 자랑하는 최고의 절기이자 남궁진천을 십이천의 가장 꼭대기에 오를 수 있도록 만든 바로 그 검법이 모습을 드러낸 것이다.

황금빛 검강이 마치 태산이라도 가를듯 공간을 반으로 갈랐다.

번쩍!

눈을 뜰 수 없을 정도로 강력한 섬광에 정도연합군과 혈교 무사들의 싸움도 멈춰 버렸다.

섬광은 모든 것을 삼키고 혈교의 교주마저 삼켰다.

섬광이 지나간 자리에 위치해 있던 혈교의 무사들은 그대로 증발해 버렸다.

남궁진천의 시선은 섬광의 그 끝을 응시하고 있었다.

"후우…… 이거 오랜만에 제대로 된 상대를 만났군."

섬광과 흙먼지가 사라진 그곳에는 옷 여기저기가 찢어진 낭패한 모습으로 혈교의 교주가 서 있었다.

그의 금관 역시 아마도 섬광과 함께 증발해 버린 듯 이미 사라지고 없었다.

하지만 남궁진천의 표정은 좋지 않았다.

얼핏 보면 혈교의 교주가 상당한 피해를 입은 듯 보였으나, 찢어진 옷 사이로 드러난 그의 피부에 핏자국 하나 없다는 것을 발견했던 것이다.

"나를 즐겁게 해 주었으니, 나도 제대로 대접을 해 줘야겠지? 일단 유흥거리를 하나 제공하도록 하지."

교주가 오른손을 들어 올렸다.

그러자 그의 뒤쪽에서 한 무리의 사람들이 나타났다.

약 백여 명 정도에 이르는 그들을 본 정도연합군 무인들의 표정이 딱딱하게 얼어붙었다.

특히 원목은 경악한 얼굴로 손을 뻗었다.

"사, 사형! 바, 방장님!"

놀랍게도 백여 명의 무리는 바로 죽었다는 소림의 승려였던 것이다. 이상한 일은 그들의 눈동자가 모두 핏빛으로 물들어 있다는 것이다.

"주인으로서 명하노니 피의 율법을 거역하는 자들에게 피의 심판을 내려라!"

교주의 명이 떨어짐과 동시에 백여 명의 승려들이 정도연합군을 덮쳤다.

"무슨 짓이냐!"

남궁진천이 눈을 부릅뜬 채 교주를 노려봤다.

"후후, 내가 저들을 살리느라 고생 좀 했지. 그러니 제대로 써먹어야 하지 않겠나?"

승려들은 교주가 자신의 피로 되살린 이들이었다.

물론 그리 되면 이지를 상실하고 혈교주의 말에 복종하는 종복이 된다. 마치 생강시와 같은 존재인 것이다.

"바, 방장! 정신 차리십시오!"

원목이 안타깝게 소리쳤으나, 공지는 이미 육신의 껍질만 남았을 뿐 예전의 공지가 아니었다.

우우웅!

퍼억!

"크윽!"

공지가 날린 일격에 원목이 피를 뿌리며 뒤로 날아갔다.

공지의 실력은 비록 살아 있을 때 보다는 못했지만, 그래도 어지간한 고수들 보다 훨씬 강력했다.

그의 손에는 소림의 상징인 녹옥불장이 들려 있었고, 그 끝에는 선명한 강기가 어려 있었다.

"이들은 이미 소림의 승려들이 아니오! 혈교의 무리들이 요사한 술법으로 악귀를 집어넣은 것이오! 모두 손에 사정을 두지 말고 상대하시오!"

무당의 태허진인이 다급히 소리쳤다.

"네놈의 상대는 나다!"

그때 일 사령 척진군이 태허의 머리 위로 거대한 도를 내려쳤다.

"놈!"

쩌어어엉!

태허진인이 검을 들어 척진군의 도를 비껴 냈다.

태극의 묘리가 깃든 태극혜검의 절초였다.

콰아앙!

하지만 비껴 나간 도강이 정도연합군 무사들을 덮쳤다.

"크악!"

"아악!"

모두 절정을 넘어선 무사들이었으나, 척진군의 무시무시한 도강을 막아 내기엔 역부족이었다.

순식간에 다섯 명의 무사가 피떡이 되어 날아갔다.

"어찌 이런!"

태허진인이 경악스러운 눈으로 척진군을 바라봤다.

혈교의 교주도 아닌 그 수하가 이토록 놀라운 능력을 가지고 있다는 사실이 믿겨지지 않았던 것이다.

그뿐이 아니었다.

함께 이곳에 온 나머지 십이천들 역시 고전을 면치 못하고 있었다.

그들은 사령들을 상대하고 있었는데, 사령들의 능력은 결코 십이천에게 뒤지지 않았다.

아니, 오히려 대부분 십이천이 밀리고 있었다.

"소림의 늙은이도 이 손에 죽었으니 억울해 말거라."

척진군의 말에 태허진인이 이를 악물었다.

공지를 죽인 자라면 최선을 다한다 해도 결코 승리를 장담할 수 없었다.

'오늘 이곳이 내 무덤이 되겠구나. 하지만 절대 그냥 가지는 않겠다!'

태허진인의 두 눈에 굳은 결의가 어렸다.

"좋은 눈빛이군! 부디 소림의 늙은이 보다는 나를 더 즐겁게 해 주길 바라지."

척진군의 도가 흥이 오른 듯 웅웅거리며 울었다.

*   *   *

한편 남궁진천은 갑작스런 사태에 분노했다.

"죽은 자를 모독하다니……!"

죽은 소림승들의 평안마저 빼앗았다고 생각하니 혈교를 더욱 용서할 수 없었다.

"후후후, 무슨 소리인가? 큰 자비를 베풀어 새로운 인생을 살도록 해 주었으니 오히려 나에게 고마워해야 하는 것 아닌가?"

혈교 교주가 살려 낸 소림승들과 정도연합군이 서로 피를 뿌리며 여기저기 쓰러지고 있었다.

게다가 사령들이 십이천을 잡고 있는 사이 정도연합

군은 혈교의 무사들과 힘겨운 싸움을 하고 있었다.

오백의 무인들 하나하나가 고수가 아닌 이들이 없었
으나, 혈교의 무사들 역시 실력이 만만치 않은데다가
그 숫자가 두 배에 이르렀던 것이다. 또한, 죽었던 소
림 승려들의 등장으로 인해 심적으로 크게 흔들리다 보
니 제 실력을 발휘할 수 없었다.

"이노옴!"

분노한 남궁진천이 검을 휘둘렀다.

검에 어린 황금빛은 더욱 강해져 있었다.

"그래, 어디 그대가 가진 최고의 초식을 펼쳐 보거
라!"

교주의 섭선이 크게 원을 그리자 거대한 핏빛 방패가
허공에 모습을 드러냈다.

콰아아아앙!

남궁진천의 황금빛 검강이 핏빛 방패와 부딪히며 대
기를 진동시키는 큰 폭발이 일어났다.

강기의 파편들이 사방으로 튀며 미처 피하지 못한 혈
교 무사들과 정도연합군이 피를 뿌리며 쓰러졌다.

하지만 남궁진천은 그들을 신경 쓸 여력이 없었다.

상대가 그것을 용납할 만큼 만만한 자가 아니었기 때
문이다. 자칫 찰나의 실수가 승패를 가를 수 있는 강력

한 적이었다.

"좋아! 혈륜을 부수다니……. 역시 내 기대를 저버리지 않는구나! 그렇다면 나도 조금 더 힘을 써 볼까?"

순간 교주의 두 눈이 핏빛으로 물들었다.

동시에 놀랍게도 바닥에 널브러져 있던 정도연합군과 혈교 무사들의 시체로부터 핏줄기가 솟구쳐 올랐다.

핏줄기들은 마치 실뱀처럼 꿈틀거리며 교주에게 끌려들어갔다.

츄아아아악!

핏줄기들이 교주의 육신으로 빨려 들어감과 동시에 교주의 모습이 변했다.

"크하하하하! 그대에게 진정한 피의 권능을 보여 주겠노라!"

교주의 얼굴과 피부 밖으로는 핏줄이 튀어나오고, 그의 두 눈은 광기로 가득 차 있었다.

게다가 그의 이빨은 마치 짐승의 그것처럼 날카롭게 변해 있었다.

그야말로 그림으로 보던 악귀의 모습 그대로였다.

상황이 심상치 않음을 느낀 남궁진천이 먼저 움직였다.

황금빛 검강은 어느새 일 장을 훌쩍 넘기고 있었다.

"그래! 오너라!"

날카로운 이를 드러내며 혈교주가 소리쳤다.

그의 표정에는 즐거움이 가득했고, 지금 이 상황이 마치 재밌는 놀이라도 되는 듯 입가에는 진한 미소가 걸려 있었다.

남궁진천이 번개처럼 연달아 검격을 날렸다.

일격이 펼쳐짐과 거의 동시에 이 격, 삼 격이 이어졌다.

마치 세 검격이 한 번에 이루어진 듯, 그 속도가 인간의 한계를 넘어선 것이었다.

쩌저정!

하지만 혈교주는 한 치의 오차도 없이 남궁진천의 검격을 섭선으로 막아 냈다.

그의 섭선은 눈에 보이지도 않을 정도로 빨리 움직였다.

벽에라도 막힌 것처럼 남궁진천의 검은 섭선의 그림자를 뚫어 내지 못했다.

눈 깜짝할 순간에 수십 차례의 공방이 오갔다.

이미 인간의 한계를 넘어선 두 존재의 대결에 대기가 터져 나가고, 주변의 모든 기운이 들끓었다.

두 사람의 움직임이 너무 빨라서 그저 희미한 잔상만

이 허공을 수놓고 있었다.

수십, 수백 명의 남궁진천과 혈교주가 허공에서 손을 주고받고 있었다.

콰콰콰콰콱!

"크윽!"

어느 순간, 둔탁한 타격음과 함께 한 사람이 피를 뿌리며 뒤로 튕겨져 나갔다.

"이런!"

정도연합군 무인들의 눈에 절망이 어렸다.

뒤로 튕겨 나간 인형은 다름 아닌 남궁진천이었던 것이다.

혈교주의 몸에도 여기저기 핏자국이 보였으나, 그는 허공에 떠서 오연하게 바닥으로 떨어져 내린 남궁진천을 바라보고 있었다.

"크윽!"

남궁진천이 비틀거리며 몸을 일으켰다.

그의 어깨로부터 가슴까지 길게 그어진 혈선에서 핏물이 흘러내리고 있었다.

얼핏 보아도 녹녹치 않은 상처였다.

게다가 입가에 피가 흐르는 것을 보아 내상도 적지 않은 듯했다.

남궁진천이 받은 정신적 충격은 그보다 더 컸다.

그가 언제 이토록 심한 패배를 겪어 봤던가.

현경을 넘어선 지가 이미 이십 년이 지났고, 이제는 반신의 경지를 바라보고 있는 그였다.

한데 그런 그가 상대에게 무참히 패배한 것이다.

─맹주님! 이대로는 전멸입니다! 분하지만, 퇴각하여 훗날을 기약하셔야 합니다!

그때, 제갈휘의 전음이 들려왔다.

남궁진천의 시선이 주변을 훑었다.

전세는 이미 많이 기울어 있었다.

무당의 태허진인은 피투성이로 간신히 쓰러지지 않은 채 버티고 있었고, 화산의 임혁군과 종남의 진율 역시 몸 여기저기에 가볍지 않은 상처를 입고 있었다.

홍무생과 구천엽이 그나마 말짱한 모습이었으나, 그들도 호흡조차 가누지 못한 채 악전고투하고 있었다.

'혈교의 전력이 이 정도였다니……'

너무 안일하게 생각했던 것이 후회가 됐다.

모든 문파가 모일 때까지 기다렸어야 했다.

아니, 어쩌면 그것으로도 부족했을 수도 있었다.

'진율의 말대로 진운룡 그자를 끌어들였어야 했어……'

지금 혈교의 전력이라면 한 손이 아쉬운 상황이었다.

진운룡 정도의 고수라면 엄청난 전력이었다.

하지만 이제 와서 후회해 봐야 소용이 없었다.

"나에게 상처를 입히다니, 인정을 하지 않을 수 없군. 하지만 그뿐이야. 내 그대 역시 나의 충실한 종으로 되살려 주지."

그때, 혈교주의 조소 어린 목소리가 들려왔다.

—맹주님!

제갈휘가 다급히 전음을 날렸다.

남궁진천이 입술을 깨물었다.

'이대로는 모두 개죽음이다.'

제갈휘의 말대로 훗날을 기약해야 했다.

그리고 늦었지만, 진운룡을 끌어들여 혈교와 맞서도록 해야 했다.

'어차피 놈을 처리하는 것은 혈교를 없앤 이후라도 상관없지!'

마음을 굳힌 남궁진천이 곧장 정도연합군 무인들에게 후퇴를 명했다.

"모두 퇴각하시오! 최대한 흩어져 몸을 피하시오!"

정도연합 무인들이 기다렸다는 듯이 몸을 날려 도망치기 시작했다.

그들 역시 이미 이 싸움에서 승산이 없음을 깨달았기 때문이다. 여기 있는 모두는 각 문파와 세가를 이끄는 자들이었다.

그런 자들일수록 자신의 목숨을 아끼는 법이다.

그들은 그야말로 혼신의 힘을 다해 달아났다.

"크크크크, 버러지 같은 놈들! 한 놈도 놓치지 마라! 모두 피의 제물로 바쳐라!"

사 사령 추노가 혈교 무사들을 독려하며 정도연합군의 뒤를 쫓았다.

그 뒤로는 추격전이라기보다는 학살에 가까운 상황이 이어졌다.

결국 허겁지겁 달아나던 정도연합군의 절반이 혈교의 무사들에게 도륙 당했다.

만일 혈교주가 중간에 쫓는 것을 멈추지 않았다면 살아남은 자가 없었을 것이다.

하지만 혈교주는 무슨 이유인지 중간에 추격을 멈췄다.

"교주님, 어찌 추격을 멈추시는 것입니까? 이대로 놈들을 쫓는다면 씨를 말려 버릴 수 있습니다."

척진군이 의아한 얼굴로 물었다.

"놓아 두거라. 낚시가 재미있다고 개울의 물고기를

모두 잡을 수는 없지 않겠느냐? 본디 물고기는 적당히 잡고 놓아 줄 줄을 알아야 다음에 다시 손맛을 느낄 수 있는 법이지. 놈들이 살아남아 발악하는 것을 지켜보는 것도 나름 즐겁지 않겠느냐?"

"소신이 교주님의 깊은 뜻을 헤아리지 못했사옵니다. 하기야 그 편이 놈들에게는 더욱 지옥 같은 하루하루가 되겠군요."

혈교주가 한쪽 입꼬리를 말아 올리며 말했다.

"어차피 놈들은 피의 제물이 될 것이다. 단지 그 시간을 조금 늘려 준 것뿐이지. 그래도 한 가지 아쉬운 점이 있다면 남궁진천을 놓친 것이로구나. 놈을 나의 종복으로 만들고 싶었는데 말이야."

혈교주가 아쉬운 듯 입맛을 다셨다.

"진운룡이란 놈이 부디 내 아쉬움을 채워 주길 기대해 보지……."

산 아래쪽을 바라보는 그의 눈동자가 핏빛으로 빛났다.

*   *   *

한편, 진운룡 일행은 등봉현에 여장을 풀고 있었다.

그들이 머무는 객잔은 등봉현에서도 가장 큰 곳이었다.

숭산이나 소림을 들르는 이들이 묶어 가는 곳으로 방도 삼층 모두 합하여 쉰 개나 됐다.

"흠 무림맹이 움직일 때가 됐는데 전혀 기미가 보이질 않는 것이 이상하군요."

구학이 고개를 갸웃거리며 말했다.

진운룡 일행이 이곳에 머문 지 사흘째였는데 무림맹은커녕 정도의 무사들조차 얼굴 보기가 힘들었다.

이틀 후면 천사교주와 만나기로 약속한 날이었다.

이미 그 날짜도 하오문에서 소문으로 퍼뜨린 상태.

무림맹은 무조건 그전에 혈교를 칠 것이 분명했다.

한데, 약속 날짜가 이틀 남은 시점에도 무림맹 무사들의 코빼기도 볼 수 없으니 의아할 수밖에 없는 것이다.

"흥! 결국 놈들이 혈교 무리에게 겁을 먹은 것이 분명하다. 주군께서 혈교를 처리해 주길 바라는 것이지. 제 놈들은 가만히 앉아서 목숨을 보전하려는 수작이 분명해."

적산이 못마땅한 얼굴로 말했다.

"에효, 전에 그리 설명 드리지 않았습니까요? 공자

님이 소림으로 향하는 것이 강호에 소문난 이상 무림맹은 절대 가만히 있을 수 없다니까요?"

구학이 답답한 듯 다시 지금 상황에 대해 설명하려는 순간이었다.

콰아앙!

객잔 문이 부서지며 피투성이 중년인이 쓰러지듯 달려 들어왔다.

"크윽!"

그 뒤로 비슷한 몰골의 사내 다섯 명이 객잔으로 따라 들어왔다.

그들의 몸은 온통 핏자국으로 얼룩져 있었고, 간신히 몸을 가눌 정도였다.

"노, 놈들이 더 이상 추격하지 않는 듯합니다."

일행인 듯 조심스럽게 주변을 살피던 사내들이 긴장한 목소리로 대화를 나눴다.

"크윽! 일단 상처부터 처치하지 않으면 더 움직이는 것은 무리요."

그들 중 도사복을 입은 중년 사내의 말에 나머지 다섯 사내가 고개를 끄덕였다.

"진율 진인의 말이 맞습니다. 이대로라면 내상으로 인해 멀리 가지 못하고 목숨을 잃게 될 것이오. 일단 간단하게라도 운기조식을 해 내상을 다스리는 편이 낫습니다."

영웅건을 머리에 두른 사내가 동의하며 주변을 경계했다.

그러던 중 그의 시선이 진운룡 일행에 이르렀다.

"저자들은?"

사내들이 긴장한 눈으로 진운룡 일행을 노려봤다.

그때 고개를 갸웃거리던 구학이 자리에서 일어났다.

"혹시, 공동의 진율 진인이 아니십니까?"

진율이 굳은 얼굴로 구학을 응시했다.

"그대는 누구인가?"

경계를 풀지 않은 상태였다.

"진율 진인이 맞으시군요? 아, 저는 하오문의 말학인 구학이라 하옵니다."

구학이 눈을 빛내며 포권을 했다.

하오문이라는 말에 진율을 비롯한 여섯 사내들의 경계가 조금 누그러졌다.

하지만 구학이 진실을 말했을 것이라는 보장도 없었기에 여전히 매서운 눈빛을 보내고 있었다.

사실 혈교 때문에 숭산 주변에는 무림인들이 얼씬도 하지 않는 상태.

그런데 이토록 한가로이 등봉현 객잔에 머물고 있다는 것은 결코 평범하지 않은 일이었기 때문이다.

"한데, 어쩌다가……."

말을 하던 구학이 무언가 생각이 난 듯 자신의 머리를 손바닥으로 때렸다.

"호, 혹시 정도연합군이 혈교를 친 것입니까?"

구학이 눈을 동그랗게 뜨고 물었다.

동시에 무심하게 앉아 있던 진운룡이 고개를 돌렸다.

"정도연합군?"

갑작스런 진운룡의 반응에 사내들의 긴장이 다시 높아졌다.

"그, 그대들의 진정한 정체가 무엇인가!"

진율이 비틀거리며 물었다.

얼핏 보기에도 적산의 기세는 상당했고, 진운룡에게서는 별다른 기세를 느낄 수 없었지만, 눈빛만으로도 가슴이 내려앉는 위압감을 받았기 때문이다.

그런 자들이 혈교가 웅크리고 있는 코앞에 있다는 것은 셋 중 하나였다. 그들 역시 혈교의 무리이거나, 아니면 세상 무서운 줄 모르는 강호초출 무인, 그도 아니면 혈교를 겁내지 않을 정도의 강력한 고수!

진율이 느끼기에 진운룡은 절대 강호초출의 애송이가

아니었다.

그의 움직임은 절제되어 있으면서도 너무도 자연스러웠고, 온몸에는 여유가 넘쳤다.

그것은 수많은 세월을 수련하고 수없는 싸움을 겪은 노고수에게서나 느낄 수 있는 안정감이었다.

"나는 진운룡이다. 다시 한 번 묻겠다. 정도연합군이 혈교를 쳤나?"

진운룡이라는 이름에 진율이 두 눈을 부릅떴다.

"그, 그대가 바로 진운룡!"

진율의 반응만으로도 진운룡은 더 이상 대답을 들을 이유가 없어졌다.

"벌써 움직였군!"

진운룡의 시선이 소은설에게로 향했다.

"나는 지금 소림으로 갈 것이다. 너와 구학은 여기 남아서 기다리도록 해라."

혈교의 소굴로 소은설을 데려갈 수는 없었다.

혈교 교주는 그동안 상대했던 자들과는 차원이 다른 고수일 것이다. 게다가 그 수하들 또한 혈신대법을 받은 자들.

괜한 위험을 자처할 이유가 없었다.

소은설이 아쉬운 얼굴로 고개를 끄덕였다.

그녀 역시 자신이 따라가 봤자 진운룡에게 방해만 된다는 사실을 잘 알고 있었기 때문이다.

"하하하, 걱정 마십시오! 다녀오실 동안 제가 은설이를 잘 지키고 있겠습니다요!"

소림사로 데려가지 않는다는 말에 안도한 구학이 신이 나서 말했다.

"쯧쯧, 네놈 몸이나 잘 간수해라!"

적산의 호통에 찔끔한 구학이 얼른 소은설 뒤로 숨었다.

"가자, 적산."

"후후, 기다렸소! 주군!"

진운룡과 적산이 바람처럼 객잔 밖으로 몸을 날렸다.

〈『혈룡전』 제5권에서 계속〉